Ulrike Chuchra

Der andere Engel

und neun weitere Geschichten
zur Weihnachtszeit

Die Deutsche Bibliothek – CIP-Einheitsaufnahme

Der andere Engel und neun weitere Geschichten zur Weihnachtszeit / Ulrike Chuchra. – Lahr : Johannis, 1998
  (Lesezeit – Vorlesezeit ; 05 523)
  ISBN 3-501-05523-4

Lesezeit – Vorlesezeit 05 523
© 1998 by Verlag der St.-Johannis-Druckerei, Lahr
Umschlaggestaltung: Friedbert Baumann
Umschlagfoto: G. Müller-Brunke
Gesamtherstellung: St.-Johannis-Druckerei, 77922 Lahr
Printed in Germany   13402/1998

Inhalt

Annegret Diehl
Großmutters Vermächtnis — 5

Elizabeth Goudge
Sohn Davids — 10

Liselotte Erb
Der andere Engel — 30

Nancy Dahlberg
Der Bruder von der Landstraße — 35

Der große Auszug — 42

Elke Bräunling
Die rechte Weihnachtsfreude — 45

Peter Spangenberg
Der verlorene König — 58

Karin Pöckelmann
An einem Februartag in Bethlehem — 62

Rudolf Otto Wiemer
Der Stein des Eseltreibers — 67

Axel Kühner
Die Flöte des Hirtenjungen — 72

Annegret Diehl

Großmutters Vermächtnis

»Weihnachten«, klang es in ihm. Er hatte sich ein kleines Bäumchen gekauft, ein großes lohnte sich nicht für eine Person.

»Eine Person«, dachte er, als er in die Flammen der Kerzen starrte, »ich bin nur eine Person, ganz allein.«

Und trotzdem war Weihnachten. Er hatte immer ein bisschen Angst gehabt, an Weihnachten allein zu sein, aber seine Eltern lebten nicht mehr und er wusste nicht, wohin er hätte gehen sollen. Zu seinen Geschwistern vielleicht, aber die waren verheiratet, hatten Kinder, und er wollte sie nicht stören. Er fühlte sich immer ein wenig überflüssig und fast bemitleidet, wenn sie ihn, den einsamen Junggesellen, einluden.

Er war ja auch sonst nicht einsam, hatte viele Freunde. Nur an Weihnachten waren alle bei ihren Familien. Alle außer ihm. Er war allein. Er dachte zurück an früher, als sie noch alle zusammen Weihnachten gefeiert hatten, die Eltern, die Geschwister und er.

Ja, und die Großmutter. Seine Großmutter war eine einzigartige Frau gewesen. Nie wieder hatte er einen Menschen wie sie getroffen.

Er sah sie wieder vor sich, faltig und schmal,

aber mit von innen her leuchtenden Augen. Sie saß im Sessel und betrachtete ruhig die hellen Kerzen an dem großen Weihnachtsbaum, während die Kinder darauf warteten, die Geschenke auspacken zu dürfen.

Und jedesmal, bevor der Vater die Erlaubnis dazu gab, bat die Großmutter: »Warte noch, die Kinder sollen wissen, warum Weihnachten ist.« Dann schlug sie ihr altes, zerlesenes Buch auf und begann vorzulesen. Es war die Geschichte von der Geburt Jesu, so viel wusste er noch, aber genau erinnern konnte er sich nicht mehr. Nur Großmutters Bitte war ihm im Gedächtnis geblieben: »Die Kinder sollen wissen, warum Weihnachten ist.«

Mit dieser Begründung hatte sie ihnen auch einmal eine Krippe mit kleinen geschnitzten Figuren geschenkt, doch die Kinder waren enttäuscht gewesen, sie hatten sich eine Eisenbahn gewünscht. »Ja, Großmutter«, dachte er lächelnd, »sie war einfach etwas Besonderes. Ihre Ausstrahlung, ihr Leuchten – woher mag sie das gehabt haben?«

Ihre Geschichte gehörte einfach zum Fest, auch wenn wohl kaum jemand richtig zugehört hatte, dachte er, als er die alte Bibel hervorkramte, die er, als der Älteste, von der Großmutter geerbt hatte. Unschlüssig hielt er das dicke Buch in der Hand. Wo sollte er die Geschichte finden? Er öffnete das Buch an der Stelle, wo ein Lesezeichen herausragte, und begann zu lesen.

Er las von dem Ehepaar, das kilometerweit durchs Land zog, von der schwangeren Frau, die sich keine Ruhe gönnen durfte, von der Nacht im Stall und der Geburt des Kindes. Dann stand er mit den Hirten auf dem Feld, die trotz Nacht und Kälte ihre Schafe vor wilden Tieren schützen mussten.

Gerade wollte er sich ein wenig umsehen, als es plötzlich taghell wurde. Er sah leuchtende Gestalten vom Himmel herabkommen, himmlische Musik hallte durch das Tal, und eine Stimme rief ihm zu, dass heute geschehen sei, worauf er sein ganzes Leben gewartet habe.

Noch in den wieder dunkel gewordenen Himmel starrend, ließ er sich von den Hirten mitreißen, die alle zu einem alten, baufälligen Stall hinströmten. Sie rissen seine Türen auf und standen geblendet still.

Als er sich an das Licht gewöhnt hatte, trat auch er langsam hinter den Hirten ein. Jetzt erst fiel sein Blick auf das Kind, das notdürftig in eine Futterkrippe gebettet war.

»Darauf soll ich mein ganzes Leben gewartet haben?«, dachte er erstaunt und trat so nahe an die Krippe heran, dass er das Kind hätte berühren können.

»Du glaubst es nicht?«, hörte er das Kind fragen.

»Ich weiß es nicht. Ich kenne dich nicht.« Er spürte, dass dies ein besonderes, ein göttliches Kind war.

»Komm mit«, sagte jetzt das Kind, »komm mit, und ich werde dir zeigen, wer ich bin.«

Und er kam mit. Er kam mit und sah, wie das Kind heranwuchs, wie es langsam zum Mann wurde und sich auf den Weg zu den Menschen machte. Er hörte, wie dieser Mann sprach, sah, was er tat; er spürte den Straßenstaub unter seinen Füßen und hörte den Jubel der Geheilten.

Doch dann – eine jähe Wende – stand er unter dem Kreuz. Die Begeisterung schlug in Verzweiflung um. War das das Ende? War alles umsonst gewesen? War dieser Mann doch nur ein Mensch wie jeder andere? Warum rettete ihn jetzt nicht sein Gott, von dem er immer gesprochen hatte?

Doch er blieb nicht im Grab. Eine große Freude erfasste ihn, als er es hörte: »Er lebt! Er ist nicht bei den Toten geblieben!«

Ihm fielen die Worte wieder ein, die Jesus am Tag vor seinem Tod gesagt hatte: »... mein Leib, für euch hingegeben ... mein Blut, für euch vergossen zur Vergebung der Sünden ...«

Das alte Buch glitt ihm fast aus der Hand, als er begriff, dass er gemeint war, er und seine Sünden, er und seine Fehler.

»... zur Vergebung der Sünden ... Jesus lebt ...«, so ging es ihm durch den Kopf. Darauf hatte er sein ganzes Leben gewartet, eine solche Liebe zu erfahren, ein neuer Mensch zu werden, angenommen zu sein, ein sinnerfülltes Leben geschenkt zu bekommen, auch wenn er allein war und keine Familie hatte.

»Ja, Großmutter«, sagte er leise, »jetzt weiß ich, warum Weihnachten ist.«

Sein Blick fiel auf das Lesezeichen, das aus der Bibel gefallen war. Er hob es auf und sah, dass ein

Lied darauf abgedruckt war. Großmutter hatte es oft gesungen. Jetzt wusste er, warum Weihnachten war, und er wusste auch, dass für ihn immer Weihnachten bleiben würde.

Er las das alte Lied wieder und wieder und spürte seine Wahrheit tief in seinem Herzen. Dann eilte er zum Stall zurück und zu dem Kind und sagte: »Jetzt kenne ich dich. Und du hattest recht. Ich wußte es nicht, aber ich habe auf dich gewartet.« Leise stimmte er das alte Lied an:

»Ich steh an deiner Krippe hier,
o Jesu, du mein Leben,
ich komme, bring und schenke dir,
was du mir hast gegeben.
Nimm hin, es ist mein Geist und Sinn,
Herz, Seel und Mut, nimm alles hin
und lass dir's wohlgefallen …«

Elizabeth Goudge

Sohn Davids

Miriam saß singend an ihrem Webstuhl. Ihre schlanke Gestalt bewegte sich leicht zum Takt ihrer Arbeit, wenn sie die feinen Fäden verfolgte, die unter ihren Fingern sich zu dem schönsten Gewebe verflochten, das die kleine Stadt Bethlehem auf dem Hügel wohl je gesehen hatte. Blau war es, von dem tiefen Blau des Himmels zur Dämmerstunde, und durchwirkt mit glänzenden Silberfäden.

»Nun ist dein Hochzeitskleid beinahe fertig«, sagte die kleine Naomi. – »Ja«, antwortete Miriam.

»Es funkelt wie die Sterne«, fuhr die kleine Naomi fort und setzte sich zu Miriams Füßen. »Warum machst du dein Brautkleid dunkel wie die Nacht, Miriam? Das Gewand, das du für Jakob wobst, war leuchtend wie der Morgen – ganz grün und golden.«

Miriam ließ ihre schlanken braunen Hände in den Schoß fallen, und wie ein Vogel, der sich mit flatternden Flügelbewegungen zur Ruhe legt, verfiel sie in jene gelassene Ruhe, die Jakob-Ben-David, ihren Bräutigam, so sehr entzückte.

Sie ließ ihren Blick sinnend durch das kleine Fenster schweifen und überlegte, was sie ihrer kleinen Schwester antworten sollte. Warum hatte sie denn Dunkelblau und Silber, die Farben der Nacht, gewählt, um sich damit in ihrer festlichsten Stunde zu schmücken, und nicht, wie jedes andere Mädchen, die leuchtenden Farben der Frühlingsblumen?

»Weil ich die Nacht liebe«, sagte sie nach einer Weile. »Die Nacht ist der Quell der Hoffnung, deshalb fühle ich mich glücklich in ihr. Sie birgt in sich die Geburtsstunde der Morgenröte. Und dann freilich auch ist es die Nacht, die mir Jakobs Besuche bringt.«

Naomi, ein rundliches braunes Kind mit einem Gesicht wie ein rosiger Apfel, stand auf und raffte ihr weites, formloses Kleid zusammen. Eilig trippelte sie in das innere Zimmer jenseits des Wohnraumes. Die Nacht rückte heran, und Naomi wusste, wohin sie gehörte, wenn Jakob erwartet wurde.

Miriam erhob sich und begann, das kleine Zimmer für Jakobs Besuch herzurichten. Sie stellte den Webstuhl beiseite, hob die schimmernden Enden der Seide vom Boden und schob ein niederes Ruhebett zum hölzernen Tisch, auf den sie das Abendessen stellte. Sie und die kleine Naomi waren allein auf der Welt, und ihre Nahrung war einfach und spärlich, denn sie lebten vom Ertrag, den sich Miriam mit ihrer Webkunst verdiente. Ihr winziges Haus stand oben auf dem Stadtwall, und durch seine Fenster überblickten sie das ganze wellenförmige Hügelgelände, das sich weithin erstreckte.

Jetzt war die Zeit des Sonnenuntergangs. Gebannten Blickes beobachtete Miriam, wie rosafarbene Wolkenstreifen einen blassgelben und türkisblauen Himmel durchzogen, während unten die Kämme der Hügel, einer nach dem andern, in reinstem Golde erglühten und rosa und purpurviolette Strahlen sich über sie ergossen.

Miriam dachte an die Worte, die alle gläubigen jüdischen Männer und Frauen begeistern: »Wie wunderbar sind auf den Bergen seine Schritte, die frohe Botschaft bringen und Frieden verkündigen.« Sie barg sie in ihrem Herzen, diese frohe Botschaft von dem himmlischen Befreier, welcher einst der geplagten Erde das Goldene Zeitalter bringen würde. Doch jäh wurde sie aus ihrem Sinnen aufgescheucht, als ein greller Trompetenstoß durch die Stille der Nacht gellte. Als sie wieder nach den Kämmen der Hügel blickte, waren sie blutrot gefärbt, und der Himmel war durchzogen von feurigen Streifen. Blut und Feuer! Ihr natürlicher Frohsinn war plötzlich dahin. Ein Zittern durchbebte ihre schlanke Gestalt. Sie war zu Tode erschrocken, denn mit einem Male lebte sie nicht mehr im Reiche der Zukunft, der Befreiung, sondern im Reiche dieser Welt, im Reiche des römischen Eroberers, der das Volk Gottes zu Sklaven erniedrigt hatte.

Sein Trompetenstoß war es gewesen. Die kleine Stadt war in dieser Nacht voll von seinen Legionären. Die untergehende Sonne funkelte auf dem Helm und dem gezogenen Schwert der Schildwache vor dem Tor, und das Getrampel marschierender Füße hallte in den stillen, engen Gassen. Denn Rom befürchtete Unruhen diese Nacht. Cäsar hatte ein Dekret erlassen, wonach neue Steuern erhoben werden sollten von der niedergezwungenen Landbevölkerung, die schon jetzt über das Tragbare hinaus unter Steuern ächzte. Jedermann war geheißen, sich in seine Stadt zu verfügen und dort seine Schuld zu bezahlen. Bethlehem, die Stadt Davids, war die alte, graue Mutter all derer, die sich mit Stolz darauf beriefen, aus dem Hause und dem Geschlecht Davids zu stammen. So drängten sich in dieser Nacht in Bethlehems Straßen seine lärmenden, aufrührerischen Kinder. Von morgens bis abends waren sie heute herbeigeströmt: ganze Karawanen aus entlegenen Dörfern, einzelne Bauern aus den umliegenden Hügeln, wilde Männer aus der Wüste; alle waren sie aufgebracht und verbittert. Rom hatte allen Grund, die Schwerter zu entblößen und die Straße zu bewachen. Denn diese Leute waren ein stolzes und tapferes Volk; nicht ohne Widerstand ließ es sich unter den Stiefel eines Eroberers zwingen. Seine ganze Vergangenheit war getränkt mit Blut und zeugte von Kampf und Dulden. Mit Feuer und Schwert hatte es in seinem Land die Freiheit errungen, und jetzt, da sie ihm wieder entrissen, war es nicht gewillt, die Knechtschaft mit Sanftmut zu ertragen. Seine Hohenpriester in Jerusalem hatten zwar mit dem Eroberer verhandelt und sich mit ihm geeinigt, und so hatten es auch viele reiche Männer getan aus Bequemlichkeit und Gewinnsucht; aber dem arbeitenden Volk bedeutete seine Freiheit eine Kostbarkeit, und wenn sich ihm Gelegenheit dazu bot, war es bereit, mit dem Schwert in der Hand für sie zu kämpfen. Obschon jede Auflehnung mit unmenschlicher Grausamkeit niedergeschlagen wurde, ließ es nicht davon ab, immer wieder zu rebellieren. Je mehr es zu leiden hatte, desto heißer schien die Flamme der Empörung in ihm aufzulodern.

Jakob-Ben-David war einer der Rebellen. Als er sich mit Miriam verlobt hatte, war er ein Bauer auf den Hügeln. Hart musste er arbeiten, aber voller Hoffnung blickte er in die Zukunft. Er war stolz auf das Stücklein Land, das er sein Eigen nannte, und glücklich, als er Stein zu Stein fügte, um das Haus zu bauen, das für ihn selbst, für Miriam und die kleine Naomi ein Heim werden sollte. Da hatten zwei aufeinander folgende Jahre schwere Missernten gebracht, und er war nicht in der Lage gewesen, seine erdrückenden Steuern zu bezahlen. Rom hatte sich geweigert, zuzuwarten; man hatte ihm alles weggenommen – seinen Weinberg, seinen Olivenhain, seine Ochsen, seine Getreidefelder und das Haus, das soeben vollendet war. Miriam hatte sich in ihrer Zuversicht nicht erschüttern lassen. Sie würde mit ihrem Weben genug Geld verdienen, sagte sie, um ein neues Stücklein Land zu kaufen. Was war dabei, wenn es Jahre dauern sollte? Wenn ihnen ihr eigenes Heim und ihre Liebe sicher waren, was würde es ausmachen, wie lange sie warten mussten? Abends, wenn ihr langes Tagewerk für die Händler getan war, wob sie weiter an ihrem nachtblauen Hochzeitskleid mit den Silberfäden.

Diese Zeit des Wartens war erträglicher für Miriam, die durch ihre tägliche Arbeit abgelenkt und von ihrer natürlichen Heiterkeit getragen wurde, als für Jakob, den ungestümen, stürmischen Mann. Ab und zu war es ihm gelungen, als Kameltreiber oder Wasserträger Arbeit zu finden, doch war eine solche Beschäftigung peinlich für den Stolz eines Mannes, der einst eigenes Land besessen hatte, und sein aufbrausendes Wesen ließ ihn auf die Dauer mit keinem seiner Meister sich vertragen. Dazu steigerten sich seine Verdrossenheit und seine Ungeduld im verzehrenden Feuer seines Verlangens nach Miriam.

So hatte es sie nicht überrascht, dass Jakob ein Fanatiker, ein Zelot geworden war.

Diese Zeloten, misshandelte, verbitterte, verzweifelte Männer, lebten in Höhlen in den Hügeln und zwischen den Felsen der Wüste und stürzten sich in wilden Banden auf reiche Römer, um sie zu berauben, wenn sie nach ihren Landhäusern unterwegs waren; oder sie überfielen Kaufleute auf ihrem Wege nach Jerusalem, und manchmal, wenn sie zahlreich genug waren und ihr Zorn auf dem Siedepunkt angelangt, griffen sie sogar marschierende römische Kohorten an. Sie bildeten den Kern und die Speerspitze jeglichen Aufruhrs, und dank ihrer Schnelligkeit und ihrem Wagemut, dank ihrer Kenntnis der wilden und dürren Hügellandschaft waren sie außerordentlich schwer zu fangen. Wenn aber die Römer sie erwischten, so kreuzigten sie sie. Es hatte Zeiten gegeben – nach einem heftigen Aufruhr –, da die Gegend und der furchtbare Hinrichtungshügel außerhalb Jerusalems, der Kalvarienberg, mit Kreuzen dicht besät gewesen war. War es daher verwunderlich, dass in den Nächten, da Jakob sie besuchte, Miriam ihn unter Tränen beschwor, zurückzukehren in das gesicherte Leben der Städte und Felder?

Aber Jakob war dafür nicht zu haben. Gleich wie viele der Zeloten war er leidenschaftlich religiös. Er stammte aus dem Hause Davids und glaubte von ganzer Seele an das Kommen des Messias, des großen Befreiers. Zwar nicht wie Miriam glaubte er, dass dieser als ein Friedensbote in den Wolken des Himmels erscheinen werde, um das Goldene Zeitalter zu verkündigen, zur Belohnung für das Beten, das Hoffen und das Dulden seines Volkes. Er war des Glaubens, dass die Menschen ihre Befreiung selbst erkämpfen müssen und dass der Messias plötzlich kommen werde als ein großer Kriegsmann an der Spitze bewaffneter Männer, die bereit wären, mit dem Schwert in der Hand für sich zu streiten. Für Vorsicht und geduldiges Warten hatte Jakob keinen Sinn. Jeden Monat kam er einmal in der Nacht zu ihr, wenn der Mond nur eine schmale Silbersichel war und wenig Licht ausstrahlte. So erwartete sie ihn heute. Es war ihr zwar gelungen, ihm eine Nachricht zukommen zu lassen, die ihn warnen sollte wegen des Aufruhrs in der kleinen Stadt und wegen der römischen Legionäre, welche sie bewachten. Doch er hatte geantwortet, das sei für ihn ein Grund mehr zum Kommen; denn diese Umstände würden es ihm erleichtern, sich einer Karawane anzuschließen und ungesehen durch die Tore zu schlüpfen.

Miriam schaute auf. Die Sonne war rasch untergegangen, und die kalte Dunkelheit des Winters umfing sie. Bald würde Jakob hier sein. Bald würde sie seinen Schritt auf der Treppe hören, und das Grün und Gold seines Mantels würden ihr in der Türöffnung entgegenleuchten ... Und dann würde sie in seinen Armen liegen ... Sie erhob sich, zündete die Öllampe an und ging in den inneren Raum, in welchem sie und die kleine Naomi schliefen. Sonst lag das Kind um diese Zeit im Bett mit seiner Puppe Sarah und schlief schon fest wie eine dicke, kleine Schlafmaus; jedoch das Bett neben dem ihrigen war leer.

Ärgerlich rief sie nach ihrer kleinen Schwester. Wenn man dachte, sie liege im Bett und schlafe, so kletterte sie durch das Fenster ihres Schlafgemachs hinaus auf die Steintreppe und rannte fort, um in der Herberge über der Straße mit den andern Kindern zu spielen. In einer gewöhnlichen Nacht mochte das hingehen, heute aber duldete es Miriam nicht; denn die Herberge war überfüllt von Menschen, die aus der Umgebung hier zusammengeströmt waren, um ihre Steuerpflicht zu erfüllen, und viele von ihnen waren rohe, wilde Gesellen – wahrlich keine passende Gesellschaft für ein behutsam erzogenes Kind ... Schnell wollte sie Naomi zurückholen ... Sie lief aus dem Hause und die lange Steintreppe hinunter, die zur Straße führte.

Doch unten angekommen, hielt sie an. Gebannt

horchte und schaute sie. Alle ihre Sinne waren gespannt und erregt. Es schien ihr, noch nie habe sie die Welt so gesehen. Große Sterne schimmerten über ihr, funkelnde, kostbare Sterne. Die steilen, engen Gassen von Bethlehem und die weißen Häuser mit den flachen Dächern leuchteten unter ihrem Glanz wie Silber und Elfenbein. Orangefarben glimmten die erleuchteten Fenster der Häuser, und aus den offenen Türen, durch welche die vielen Menschen ein und aus gingen, strömte der goldene Schein unzähliger Feuer auf die Straßen, so dass sie aussahen wie mit Gold gepflastert. Die kleine Stadt war erfüllt von dem Summen und Brummen menschlichen Lebens. Aus jeder offenen Tür drangen Stimmen von Männern, Frauen und Kindern; man hörte Lachen und Singen und oft auch harte Worte lärmenden Streites. Hunde bellten, und Glocken klingelten, wenn eine Karawane durch die Straßen zog; man hörte die Rufe der Kameltreiber und das scharfe Klopfen an den Türen, wenn Reisende Einlass begehrten. Und zu allem kam das Trampeln bewaffneter Männer und etwa das plötzliche Schrillen eines Hornsignals ...

Bei dem gewölbten Tor, das zum Hof der Herberge führte, schreckte sie plötzlich zurück, denn fast wäre sie mit einem Mann zusammengestoßen, der ein fußkrankes, hinkendes Eselchen führte. Das zerfurchte Gesicht war von einem Bart umrahmt, die Züge waren grau vor Müdigkeit und Sorge. Erfüllt von seinem Kummer, drängte er sich unsanft an ihr vorbei. Miriam erkannte sogleich, dass der

Zustand seiner Frau die Ursache seiner Kümmernis war. Ihrer schweren Stunde nahe, schien sie sich nur mit äußerster Willensanstrengung auf dem Rücken des Eselchens zu halten. Ihre Augen blickten finster vor Schmerz, und Schweiß glänzte auf ihrem weißen Gesicht mit den fahlen, gekniffenen Lippen. Doch als die Augen der beiden Frauen sich begegneten, versuchte die fremde Frau zu lächeln. Es war ein fast schalkhaftes Lächeln, als ob sie Miriam sagen wollte: »In welch unmögliche Lage bin ich da geraten!« Dann verloren sich die beiden in der Menge, die den Hof füllte.

Arme Seele, dachte Miriam. Sobald ich Naomi gefunden habe, will ich sehen, was ich für sie tun kann.

Sie bahnte sich einen Weg durch das Gedränge und gelangte mit Mühe in das Innere der Herberge, wo ihre Aufmerksamkeit sogleich durch eine Gruppe von Männern gefesselt wurde, die in einer dunkeln Ecke flüsternd miteinander sprachen – und vergessen waren im Augenblick Naomi und die fremde Frau. Es waren Männer aus den Bergen, halb verhungert, mit wildem Haar, und im Schein der zuckenden Flammen sah man wilden Hass aus ihren Augen lodern. Mit einem Vorgefühl nahenden Unheils drückte sich Miriam in ihre Nähe an die Wand und lauschte atemlos ihren Worten.

Eine Bande Zeloten war wie der Adler von den Bergen herabgestürzt und hatte eine römische Zenturie überfallen, deren Legionäre auf dem Wege nach Bethlehem waren, um dort Ordnung zu schaffen. Die meisten dieser Zeloten waren in Bethlehem geboren, sie nannten sich Söhne Davids, und der Anblick bewaffneter Männer, die in ihrer Stadt erneute Steuern erpressen sollten, hatte sie in rasende Wut versetzt. Doch waren sie in eine hoffnungslose Lage geraten. Die meisten von ihnen wurden gefangengenommen und der Hauptstraße entlang ans Kreuz geschlagen. Wie lange war das her? Vor vier Tagen war es geschehen. Und wer hat sie angeführt? Jakob-Ben-David war es gewesen, der in eigenen Angelegenheiten nach Bethlehem unterwegs war. Wer hatte sich retten können? Miriam hörte den Namen Joseph-Ben-Judah, welcher Jakobs bester Freund war, und verschiedene andere ihr unbekannte Namen, doch Jakob-Ben-David erwähnten sie nicht. Wer war der Vergeltung zum Opfer gefallen? …

Miriam befand sich wieder draußen im Hof und kämpfte sich schluchzend durch die Menge, um in ihr Haus zu gelangen. Sie hatte nicht darauf gewartet, die Namen der Opfer zu hören … Der Anführer war stets unter ihnen … Trotz der Kälte war sie nass von Schweiß, und ihre Knie versagten fast den Dienst, so dass sie sich beim Vorübergehen an die Menschen klammern musste, um nicht hinzufallen. Zornig schauten ihr die Leute nach. War diese Frau wahnsinnig?

Als sie unten an ihrer Treppe angelangt war, wurde ihr beinahe schwindlig vor Erregung, denn sie erblickte die Gestalt eines Mannes in ihrer erleuchteten Haustür. Dann schritt dieser Mann langsam gebeugten Hauptes die Treppe hinunter. Es war Joseph-Ben-Judah. Er erhob den Blick, und ihre Augen begegneten sich. Aus den seinen starrte die Verzweiflung eines Mannes, der lieber sämtlichen römischen Legionären der Welt gegenüberträte als einer einzigen, von Schmerz getroffenen Frau. Er sagte zu ihr: »Es ist alles vorbei, Miriam. Es war vor vier Tagen. Jetzt ist alles vorbei.« Sie antwortete nicht. Wild stieß sie ihn von sich. Sie hasste ihn. Er hatte sich retten können, Jakob aber war tot. Strauchelnd stieg sie die Stufen hinan. Oben trat sie in ihr hell erleuchtetes, festlich hergerichtetes Zimmer, in welchem das Mahl für Jakob bereitet war. Auf das Ruhebett hatte Joseph aus mangelndem Zartgefühl den schönen Mantel gelegt, den Miriam in leuchtenden grünen und goldenen Farben für Jakob gewoben hatte. Sorglich gefaltet lag er dort. Sie nahm ihn auf und sah, dass er kaum beschädigt war. Ein wenig Blut nur klebte daran. Wahrscheinlich hatten sie Jakob vor der Kreuzigung entkleidet, und ein Tropfen Blut mochte auf den Mantel gefallen sein, als er am Boden lag. Miriam warf sich auf das Ruhebett und vergrub das Gesicht in die Kissen; den Mantel hielt sie wie ein Kind in den Armen. So verbrachte sie qualvolle Stunden. Es kam ihr vor, sie versinke tiefer und tiefer in die Nacht und ertrinke in einem Meer von Kummer.

Plötzlich fühlte sie sich von einer kleinen Hand an der Schulter gezupft, und als sie aufschaute, sah sie der kleinen Naomi rundes, rosiges Gesicht, das ihr glückstrahlend zuzwinkerte.

»Ein kleines Baby!«, quiekte Naomi und hüpfte vor Aufregung auf den Zehenspitzen. »Das entzückendste kleine Baby, das du je gesehen! Komm doch schnell, Miriam!«

Miriam erhob sich mit Mühe auf die Knie. Jakobs Mantel hielt sie immer noch an die Brust gedrückt.

»Eben erst geboren!«, fuhr die vor Aufregung zappelnde Naomi fort. »Ich schlüpfte hinter der Frau des Schankwirtes hinein, zu sehen, was es gäbe. Es ist ein kleiner Sohn Davids, und gerade zur rechten Zeit gelangten sie hierher, damit er in Bethlehem geboren werde.« Und fort stürzte sie, hinein in den inneren Raum.

»Sohn Davids!« Miriam erhob sich und stand schwankend auf ihren Füßen. Ein anderer Sohn Davids! Einer war gestorben, und ein anderer war soeben geboren worden. Ihr Blick fiel plötzlich auf ihr Brautgewand, das im Schein der Lampe blau und silbern schimmerte. Sie streckte eine Hand aus und riss es mit der Kraft der Verzweiflung von dem Balken des Webstuhles. Jetzt hielt sie beide in den Armen, ihr Hochzeitskleid und Jakobs Mantel. Grün und golden, in den Farben des Morgens, leuchtete Jakobs Gewand, das ihrige aber schimmerte in den Farben der Nacht. Er hatte die ewige Morgenröte erlangt, sie aber versank in dieser Nacht der Trauer.

Geschäftig kam Naomi aus ihrem Schlafgemach mit einer Decke zurück und hielt ihre drollige Holzpuppe Sarah in der Hand, die sie immer mit sich ins Bett nahm.

»Die Frau des Schänkwirts hieß mich diese Decke holen«, sagte sie wichtig. »Es sind nicht genug Decken da für die Mutter; denn im Stall ist es sehr kalt. Mit Sarah kann das Baby spielen. Komm mit, Miriam!« Ohne zu wissen, was sie tat, folgte Miriam der rundlichen Gestalt ihrer kleinen Schwester. Sie sah nichts vor sich als Jakobs Leib am Kreuz, wie er sich scharf von der tiefen Dunkelheit abzeichnete, und hörte nichts als seine Schmerzensschreie. Immer noch trug sie Jakobs Mantel und ihr Hochzeitskleid mit sich.

Eine natürliche Höhle in dem felsigen Hügel, an den die Stadt Bethlehem wie angeklebt schien, bildete den Stall der Herberge. Er lag hinter dieser, ein steiniger Pfad führte von dem lärmenden Hof zu ihm hin. Auf diesem Pfad begegneten Miriam und Naomi der aufgeregten, geschwätzigen Frau des Schänkwirtes.

»In der Herberge war kein Platz mehr, es blieb mir nichts anderes übrig, als sie in den Stall zu legen«, jammerte sie. »Welche Nacht! Ich habe es der Mutter so bequem gemacht als möglich, nur kann ich nicht genug Decken für sie finden. Aber da habt ihr ja eine gebracht, Gott sei Dank! Miriam, kümmere dich um sie, ich selbst bin nebenan.« Und eilig ging sie zurück in die Herberge, ohne zu merken, dass die verstörte Miriam kein Wort von allem verstanden hatte.

Die kleine Naomi beherrschte aber die Situation. Auf den Fußspitzen stehend, hob sie die Klinke der rauhen, hölzernen Tür, welche den Eingang zur

Höhle verschloss, stieß sie auf und ging hinein, indem sie Miriam hinter sich herzog. Mit dem Zufallen der Tür entschwand mit einem Male alles, was zur Außenwelt gehörte: der Lärm und das Getriebe der Herberge, das aufgeregte Reden zorniger Männer, das Trampeln bewaffneter Soldaten und die schrillen Hornsignale, die Tränen, das Blut und der Schweiß; von alledem war nichts mehr zu sehen und zu hören, und nur ein tiefer Friede erfüllte den Raum.

Miriam folgte Naomi und schritt, wie von fremdem Willen getrieben, durch den Stall, bis sie neben der Mutter stand. Dann geschah das Sonderbare, dass die Dunkelheit, die sie umfangen hatte, ein wenig zu weichen begann. Die Gestalt Jakobs am Kreuz verblasste; statt dessen sah sie die Mutter mit geschlossenen Augen auf ihrem Strohbett liegen. Es war dieselbe Frau, der sie an diesem Abend begegnet war, doch jetzt lagen die qualvollen Stunden hinter ihr, und Friede war um sie. Etwas schien sich plötzlich in Miriams Herz zu rühren. Sie legte die Gewänder, die sie bei sich trug, auf den Boden; dann nahm sie die Decke von Naomi, kniete nieder und legte sie sorgfältig um die Mutter. Auch diese Frau hatte gelitten. Das bildete ein Band zwischen ihnen.

Die Mutter öffnete die Augen und lächelte. »Danke«, sagte sie, und dann mit vor Stolz und Freude erregter Stimme: »Hast du mein Kind gesehen?« Miriam kehrte sich verständnislos um, suchte und tastete umher, denn außer dem kleinen

Lichtschein, in welchem die Mutter lag, war immer noch tiefes Dunkel um sie.

»In der Krippe«, half ihr schnell die Mutter.

Da verbreitete sich Licht um sie, und sie sah die Krippe. Sie ging hin und blickte nach dem Neugeborenen, das in seinen Windeln lag. Eine winzige Hand, deren gekrümmte Fingerchen sich ein wenig bewegten, lag auf der Decke. Ein so vollkommenes kleines Wesen, lag es da wie eine Blume im Heu, so ruhig und friedlich schlafend: Es war, als ob von ihm die Ruhe und der Friede im Stall ausströmten. Sein Vater stand dabei und bewachte es. »Davids Sohn«, sagte er stolz. Er beugte sich über das Kind und ließ seinen abgearbeiteten Zeigefinger zwischen die tastenden Fingerchen gleiten, und diese schlossen sich um ihn, als ob sie gerade das gesucht hätten.

»Davids Sohn! Davids Sohn!« Das war zuviel für Miriam. Sie sank nieder neben der Mutter und brach in Tränen aus. »Was hast du getan!«, schrie sie wehklagend zu der Mutter gewandt. »Du hast ein Kind geboren in einer Welt, in der Männer gekreuzigt werden. Dies sind nicht Zeiten, um Kinder zu gebären. Die Welt ist krank von Hass und Sünde, sie ist getränkt mit Blut und Tränen. Sonne und Mond sind verdunkelt, und kein Licht strahlt von den Sternen.«

»Deshalb ist er gekommen«, sagt die Mutter ruhig.

Sinnlos schien, was sie sagte. Miriam, vornübergebeugt, fuhr fort zu schluchzen und zu wehklagen, bis sie vor Erschöpfung nicht mehr konnte. Sie war so schwach, dass auch ihre Verzweiflung kraftlos wurde und der Friede, der von dem Kind ausströmte, schließlich auch in sie eingehen konnte. Als sie sich etwas beruhigt hatte, richtete die Mutter wieder das Wort an sie. »Ich danke dir«, sagte sie, »dass du meinem Kinde so schöne Stoffe gebracht hast.«

Erstaunt setzte Miriam sich auf ihre Fersen und schaute um sich. Keineswegs hatte sie die Absicht gehabt, dem Kind ihre Kostbarkeiten zu schenken, ganz unbewusst hatte sie diese vor die Krippe hingelegt.

»Ein schönes Kleid werde ich dem kleinen Jungen machen können aus diesem blauen und silbernen Stoff«, sagte die Mutter, in Gedanken versunken.

»Nein!«, flüsterte Miriam. »Es ist zu düster für ein Kind. Es ist ein Kleid der Trauer.«

»Ein solches zu tragen, ist er gekommen«, erwiderte die Mutter. »Und wenn er groß geworden, wird er auch dieses andere Kleid tragen, aus Grün und Gold.«

»Nein!« Diesmal schrie Miriam laut auf vor Entsetzen. »Nein! Es wurde getragen von einem Sohn Davids, den die Römer gekreuzigt haben. Sein Blut klebt noch daran.«

»Wenn ich das meinem Sohn sage, wird er es täglich tragen«, sagte die Mutter unbeirrbar.

Sie war eine seltsame Frau. Nichts schien sie sonderlich zu bewegen. Ihre Bemerkungen waren so sonderbar, dass Miriam dachte, ihr Sinn sei infolge ihrer Schwäche verwirrt, und sie war nicht erstaunt zu sehen, dass sie friedlich eingeschlummert war. Das Kind aber war erwacht. Es schrie nicht. Ruhig lag es da und schaute über den Rand der Krippe, und auf seinem zarten Gesicht lag jener alte, weise Ausdruck, der so sonderbar anmutet an den Gesichtern aller Neugeborenen. Seine Augen waren tiefblau wie Enzian und so taufrisch, daß man sich von allem Unreinen befreit fühlte, wenn man sie nur anschaute. Aber es war etwas Ungewöhnliches an ihnen. Miriam wunderte sich, was es nur sein mochte, bis sie merkte, dass sie noch nicht richtig eingestellt waren, wie das bei fast allen kleinen Kindern der Fall ist, sondern dass sie unbeweglich über den Rand der Krippe schauten. Wohin blickte denn dieses kleine Wesen? Miriam schaute um sich, und nach und nach gewahrte sie alles, was sich im Stall befand. Eine Menge Menschen sah sie, und alle knieten. Da war eine Gruppe von Schafhirten, rauhe Männer aus den Bergen, gekleidet in Schaffelle, und neben ihnen, in seltsamem Gegensatz zu ihrer Armut, drei Kaufleute aus dem Osten in reichen und kostbaren Gewändern. Sie alle hatten Geschenke mitgebracht, die vor der Krippe lagen wie die ihren; heimatliche Gaben der Schafhirten, ein kleiner Kuchen, ein Schaffell, ein Hirtenstab, lagen neben reichen Geschenken aus Gold und kostbaren Gewürzen, welche die Kaufleute mitgebracht hatten. Neben einem goldenen Kästchen lag Naomis drollige Holzpuppe Sarah.

Und da war noch eine andere Gestalt, ein römischer Hauptmann, der wahrscheinlich durch die Türritze Licht bemerkt hatte und zufällig eingetreten war, zu sehen, was hier vor sich gehe. Das Licht der pendelnden Öllampe schien hell auf seinen Brustpanzer, und hell blitzte das Schwert an seiner Seite. Für Miriam aber bedeutete jetzt jeder Römer den Mann, der Jakob ans Kreuz geschlagen hatte, und ein wildes Hassgefühl stieg in ihr auf; aber es ließ wieder nach, als sie bemerkte, dass dieser Mann weinte. Vielleicht erinnerte ihn das zarte Kind in der Fremde an sein eigenes Kind in der fernen Heimat; vielleicht hatte ihn Reue gepackt ob irgendeiner schlechten Tat. Als er Miriams Augen auf sich gerichtet sah, errötete er unwillig und verließ den Stall; seine harten, lauten Schritte hallten draußen auf dem steinigen Weg. Keine Gabe hatte er dargebracht außer den paar Tränen, die den Boden des Stalles benetzt hatten.

Einem überwältigenden Gefühl gehorchend, wandte sich Miriam um und warf sich vor der Krippe nieder. –

Als sie in ihr Zimmer zurückkehrte, ergoss sich die Morgenröte über die Hügel in einer Flut von perlig schimmerndem Licht. Die Farben des Himmels waren weicher als bei Sonnenuntergang. Keine blutroten Streifen durchzogen mehr die Wolken, keine flammenden Gipfel waren mehr zu sehen, die Luft schimmerte in den weichen Farben eines Taubenflügels. Miriam glitt nieder auf die Knie, legte die Arme auf den Fenstersims, und die Worte, die zu Beginn dieser Schmerzensnacht ihren Geist beschäftigt hatten, kamen ihr wieder in den Sinn: »Wie wunderbar sind auf den Bergen seine Schritte, die frohe Botschaft bringen und Frieden verkündigen.«

Was war sie so blind gewesen? Kein Friede konnte sein, kein Trost und keine Gnade ohne Kampf und Not. Der Messias würde kommen, nicht um die Menschen von Leiden loszukaufen, sondern um sie durch Leid zu erlösen. – Was sagte ich denn von der Nacht?, dachte sie. Dass ich glücklich in ihr sei, weil auf sie die Morgenröte folgt.

Liselotte Erb

Der andere Engel

Eine Nach-Weihnachtsgeschichte für den,
der sich überfreut hat

Am nächsten Morgen wachte Maria auf, bevor der erste Hahn das Morgenlicht verkünden konnte. Graue Dämmerung rieselte kühl durch die kleinen Fenster des ärmlichen Stalles, und fröstelnd erkannte Maria, dass der Zauber der Heiligen Nacht unwiederbringlich vorüber war und mit ihm verschwunden die Wärme der Schafe, die die Hirten mit sich gebracht hatten, der Glanz der himmlischen Heerscharen und das Leuchten des Sterns von Bethlehem. Seufzend blickte sie um sich, und ihr sorgenvoller Blick fiel auf Josef, der schlafend neben ihr im Stroh lag. Er war nicht mehr jung, und die lange Reise hatte ihn kaum weniger erschöpft als sie selber. Auch war er ein einfacher Zimmermann, und die Ereignisse der letzten Nacht hatten ihn überwältigt und tief erschüttert. Sie wusste, dass er sich Gedanken darüber machen würde, wie ihr Leben wohl weitergehen mochte. War eine Rückkehr zu ihrem früheren Leben gar unmöglich, nach alldem was die Engel verkündet hatten?

Maria wandte sich ihrem Kind zu, dem winzig kleinen Jungen, der da so selig in der Krippe schlief. War er nicht wie jedes Kind auch? Maria erinnerte sich daran, wie am Abend vorher plötzlich wilde Hoffnung in ihr aufgekommen war, als sie erkannte, dass sie ihr Kind in einem armseligen, nicht ganz sauberen Stall haben würde, umgeben von den Tieren des Wirtes, der sich ihrer erbarmt hatte. Gott konnte doch sicher nicht wollen, dass sein eigener Sohn in so ärmlichen Umständen zur Welt käme. Vielleicht war der Engel, den sie vor neun Monaten gesehen hatte, nur ein Traum gewesen. Und vielleicht würde das Kind ganz ihr eigenes sein, ein ganz gewöhnlicher kleiner Junge, der seines Vaters Handwerk lernen und ein Leben ohne Schmerz und Aufgabe würde führen können. Denn was der Sohn Gottes zu tun hatte, das wusste Maria tief in ihrem Herzen, obwohl der Engel nur von Freude gesprochen hatte.

Den leuchtenden Stern über dem Stall hatte sie wohl gesehen, aber nicht mehr wahrgenommen. Zu sehr war sie mit der kommenden Geburt beschäftigt gewesen. Und als sie endlich das kleine Wesen in ihren Armen gehalten hatte, war es tiefe Nacht und ihre Freude war so tief und selig gewesen, daß das Eintreten der Hirten, einer nach dem anderen, ihr erschien wie die natürliche Fortsetzung ihrer eigenen Freude. Welche Mutter hält es wohl für absonderlich, dass die Engel vom Himmel herniedersteigen und die Welt stillsteht, wenn sie ein Kind bekommt. Ach, und Augen hatte sie doch nur gehabt für das kleine Wunder in ihren Armen und Ohren nur für seine ersten Atemzüge, denn geweint hatte er nicht. Nur gelächelt hatte er mit seinem Mündchen, das so winzig war wie eine Rosenknospe, und seine Augen, die strahlten wie der Stern, der seine Geburt ankündigte.

Aber jetzt waren die Lobgesänge verklungen, und doch wurde ihr klar, was die Engel angekündigt hatten, nämlich die Ankunft des Herrn, und auch, wem diese Botschaft zugedacht war: der ganzen Welt. Tränen fielen auf Jesus' Gesicht, als sie sich über ihn beugte und Abschied nahm von ihm als ihrem herzeigenen Kind, das einfach und sicher in ihren Armen hätte aufwachsen sollen, nur ihr allein zur Freude.

Als der Kummer sie nun so ganz überschwemmen wollte, denn sie war ja auch nur ein Mensch und so ganz allein in dieser ersten Morgenstunde mit ihrer Angst und wohl auch Erschöpfung, da fühlte sie etwas ihre Schulter streifen, ganz leicht nur. Aber als sie aufblickte, da sah sie einen Engel im Gebälk sitzen. Eigentlich sah er mehr aus wie ein gewöhnlicher Mensch, ganz ohne das Strahlen und Leuchten der Engel der Heiligen Nacht, wenn nicht der Glanz in seinen grauen Augen gewesen wäre, ein Glanz, der sofort Marias Herz umschloss, sie wärmte und tröstete und nie mehr verließ.

Und dann sprach der Engel zu Maria, und er redete nicht nur über die Freude, und das war gut so, denn Maria hatte sich überfreut in der Nacht zuvor und suchte nach der Wahrheit, die nach der Freude kommt und sie würde tragen können durch das, was kam. Es ist manchmal schwer für uns Menschen, nach der Zeit der Erwartung mit der Erfüllung unserer Träume fertig zu werden, denn wir greifen ja immer nach den Sternen, und es ist nicht einfach, einen Stern durch den Alltag zu tragen. Ja, und Maria war eben auch nur ein Mensch. Dieser Engel wusste von ihrer Bedrängnis, denn er war ein spezieller Gesandter Gottes, und er sprach von den tiefen Zusammenhängen zwischen Freude und Traurigkeit, Leben und Tod, und wie das eine ohne das andere eben nicht sein kann, so wie es kein Oben gibt ohne ein Unten, kein Richtig ohne ein Falsch, weil es keinen Maßstab mehr gibt, wenn ein Teil des Ganzen fehlt. Und ihr wurde klar, dass wenn sie den Schmerz in ihrem Leben aufgeben würde, sie niemals würde die Freude spüren können. Und dann wusste sie plötzlich, dass sie in aller Traurigkeit eines Menschenlebens nie alleine sein würde, sondern immer getragen von dem Glanz, der aus den Augen des Engels strahlte.

Sie löste ihren Blick von dem Engel und sah, dass ihr Kind erwacht war, und auch in seinen Augen sah sie den Glanz, der mehr war als nur Freude. Sie nahm ihr Kind in die Arme und sah ihm in die Augen und erkannte, dass sie immer ihren eigenen Platz bei ihm haben würde. Sie lächelte und wollte dem Engel ihr Kind zeigen, aber der Engel war schon verschwunden.

Tief aufatmend spürte sie die Wärme und das Licht der ersten Sonnenstrahlen, das Erwachen der Tiere und Josefs Hand, die nach ihr griff. Draußen vor dem Stall hörte sie Schritte und unterdrücktes Murmeln, und sie verstand, dass die Menschen wiedergekommen waren, um zu sehen, ob das

Wunder auch bei Tageslicht noch da war. Ob es wohl hielt, was die entschwundenen Engel versprochen hatten?

Und Maria erhob sich von ihrem Lager mit dem Sohn der Welt in ihren Armen, und als sie vor die Tür des Stalls trat und die wartenden Menschen dort anlächelte, verkündete das Leuchten in ihren Augen jedem Einzelnen unter ihnen von der Freude, die nach der Erfüllung kommt.

Nancy Dahlberg

Der Bruder von der Landstraße

Es war am Weihnachtstag. Wir waren von Los Angeles nach San Francisco gefahren, um zum Weihnachtsfest bei den Eltern meines Mannes zu sein.

Am Freitag waren wir abgefahren, denn in diesem Jahr fiel Heiligabend auf den Samstag und der erste Weihnachtstag auf den Sonntag. Um am Montag wieder zur Arbeit zurück zu sein, mussten wir uns schon am Sonntag auf den 600 Kilometer weiten Rückweg nach Los Angeles machen.

Normalerweise braucht man dazu acht Stunden. Aber wenn man Kinder dabei hat, kann die Fahrt zu einem vierzehnstündigen Härtetest werden. Als wir es nicht mehr aushalten konnten, hielten wir in King City an, um etwas zu essen. Der Ort besteht aus sechs Tankstellen und drei schäbigen Schnellraststätten. In einer davon kehrten wir ein – müde von der Fahrt und durchgesessen.

Ich platzierte Erik, unseren ein Jahr alten Sprössling, auf ein hohes Kinderstühlchen, schaute mich dabei im Speiseraum um und fragte mich: »Wer mag wohl am Weihnachtstag hier sein? Am Morgen des Christtages?« Was suchte ich denn hier eigentlich am Tag der Geburt meines Heilands? Das sollte doch ein Tag der Besinnung sein, ein Tag mit der Familie und mit Freunden, ein Tag zum Feiern, ein Tag, an dem man Gott für ein gutes Leben dankt – ein Leben, das unter seinem Auftrag steht, ein Leben vieler kleiner Dienste.

Meine Gedanken gingen spazieren, während wir uns hinsetzten und die Speisekarte zur Hand nahmen.

»Wer kann in diesem Raum wohl so glücklich sein wie wir?«, dachte ich. »Liebe Kinder, eine glückliche Ehe, ein gutes Auskommen – und vor allem ein Glaube, den wir als Geschenk und Vorrecht empfinden. Ein Glaube, an dem wir allen Anteil geben wollen durch unsere Mitarbeit in der Gemeinde, durch Dienste in unserer Stadt, durch unser Handeln und unser ganzes Leben. Und Weihnachten ist für uns ein Sinnbild für die Geburt unseres Glaubens. Und hier sitzen wir nun – weit weg von unserer Gemeinde, unserem Zuhause, unserer Stadt. Und doch nicht getrennt von Gott.« Das Restaurant war beinahe leer. Wir waren hier die einzige Familie. Außer unseren beiden waren keine Kinder da. Die anderen Gäste aßen hastig, unterhielten sich leise; vielleicht empfanden sie, dass wir alle an diesem besonderen Tag eigentlich nicht hierher gehörten, an diesem Tag, an dem sogar Ungläubige eine Pause einlegen, um über Frieden und Nächstenliebe nachzudenken.

Meine Gedanken wurden unterbrochen, als ich Erik fröhlich krähen hörte: »Nadu!« (Er dachte wohl, die beiden Worte seien nur ein einziges.)

»Nadu.« Er schlug mit seinen dicken Babyhändchen – klatsch, klatsch – auf das Metalltischchen seines hohen Kinderstühlchens. In seinem Gesichtchen spiegelte sich Erstaunen, seine Augen waren weit geöffnet, er griente und entblößte dabei seine zahnlosen Kiefer. Er kicherte und prustete – und dann sah ich die Ursache seiner Heiterkeit – und meine Augen wollten es gar nicht gleich erfassen.

Ein zerknitterter Fetzen von einem Mantel, offenbar von irgendjemand vor endlosen Jahren gekauft – schmutzig, fleckig und abgeschabt. Ausgebeulte Hosen, die auf Halbmast einen dürren Körper umflatterten. Zehen, die aus Schuhresten herausragten, ein Hemd, dem der Kragen fehlte. Und dann ein unvergleichbares Gesicht – der Mund so zahnlos wie der Eriks. Das Haar schmutzig, struppelig und wirr, Bartstoppeln im Gesicht und eine Nase, die so zerklüftet war, dass sie wie eine Karte von New York aussah.

Ich saß zu weit von ihm weg, um ihn riechen zu können – aber ich wusste, daß er roch. Seine Hände fuchtelten in der Luft wie Fahnen, die an den entblößten Handgelenken aufgehängt waren. »Na du, Kleiner, ich seh dich ja schon, Kumpel.«

Mein Mann und ich tauschten einen Blick aus, der eine Mischung war zwischen: »Was sollen wir bloß tun?« und »Armer Teufel«. Erik lachte weiter und antwortete: »Du, nadu.«

Jeder Ruf fand ein Echo. Ich bemerkte, wie die Kellnerinnen ihre Augenbrauen hochzogen und ein paar Leute, die in der Nähe saßen, räusperten sich vernehmlich. Der Landstreicher erregte Ärgernis mit meinem Baby!

Ich schob Erik ein Plätzchen zu. Er zermalmte es auf seinem Tischchen. »Warum ich?«, seufzte ich im Stillen.

Unser Essen kam und die misstönende Unterhaltung ging weiter. Der alte Penner rief über den ganzen Raum hinweg: »Willste Apfelkuchen? Magste Wackelpeter? Mensch, er mag Wackelpeter!«

Niemand konnte das noch für erheiternd halten. Der Kerl war ein Alkoholiker und ein Ärgernis. Ich war wütend. Dennis, mein Mann, fühlte sich blamiert. Sogar unser Sechsjähriger sagte: »Warum redet denn der Mann so laut?« Wir aßen schweigend – alle außer Erik, der sein ganzes Repertoire abspulte, bloß um den Beifall seines Bruders von der Landstraße zu finden.

Schließlich reichte es mir. Ich drehte den Kinderstuhl herum. Erik brüllte und wand sich, um seinen alten Freund sehen zu können. Jetzt war ich wirklich böse.

Dennis ging zur Kasse, um zu bezahlen, und sagte zu mir:

»Nimm Erik. Wir treffen uns auf dem Parkplatz.«

Ich zog Erik aus dem hohen Kinderstühlchen wieder heraus und nahm den Ausgang ins Visier. Der alte Mann saß breitbeinig und abwartend auf einem Stuhl direkt zwischen mir und der Tür.

»Lieber Gott, lass mich bloß hier herauskommen, ehe er mit mir oder Erik zu reden anfängt!« Ich eilte auf die Tür zu. Aber schnell wurde mir klar, dass sowohl Gott als auch Erik andere Absichten hatten.

Als ich nahe an den Mann herankam, wandte ich mich zur Seite, um mich an ihm vorbeizudrücken und um seinem gewiss übel riechenden Atem zu entgehen. Aber im gleichen Augenblick lehnte sich Erik, seine Augen fest auf seinen besten Freund gerichtet, weit über meinen Arm und streckte seine Ärmchen aus in der typischen »Bitte, nimm mich auf«-Haltung eines Kleinkindes.

Im Bruchteil einer Sekunde, als ich versuchte, meinen Jungen nicht zu verlieren und das Gleichgewicht zu halten, fand ich mich Auge in Auge mit dem alten Mann. Erik streckte sich mit offenen Ärmchen nach ihm aus. Die Augen des Landstreichers fragten und bettelten: »Würden Sie mich Ihr Kind auf den Arm nehmen lassen?« Ich brauchte gar nicht zu antworten, denn Erik wand sich förmlich aus meinen Armen in die des Mannes.

Und auf einmal erfüllte sich für einen sehr alten Mann und für ein sehr kleines Kind eine sehr große Liebe. Erik lehnte mit einer Geste völligen Vertrauens, ganzer Liebe und Hingabe sein Köpfchen an die mit Lumpen bedeckte Schulter des Mannes. Dieser schloss seine Augen, und ich sah, wie unter seinen Lidern Tränen hervorquollen. Seine alten Hände, gezeichnet von Schmutz, Schmerz und harter Arbeit, umschlossen den Körper meines Jungen und streichelten seinen Rücken.

Wohl noch nie haben sich zwei Menschen so tief für so kurze Zeit geliebt. Der alte Mann wiegte

Erik einen Augenblick lang in seinen Armen. Dann öffnete er seine Augen und richtete sie fest auf mich. Mit klarer, befehlender Stimme sagte er: »Jetzt kümmern Sie sich wieder um das Baby!«

Irgendwie presste ich ein »Aber ja doch!« heraus – aus einer Kehle, die wie zugeschnürt war. Er löste Erik von seiner Brust, widerwillig, sehnsüchtig, als ob es ihm Schmerzen bereitete. Ich öffnete meine Arme, um mein Kind in Empfang zu nehmen. Noch einmal redete der Mann mich an: »Gott segne Sie, liebe Frau. Sie haben mir mein Weihnachtsgeschenk gebracht.«

Ich konnte nichts mehr sagen als ein gestammeltes »Danke«. Mit Erik auf dem Arm lief ich zum Wagen. Dennis wunderte sich, warum ich weinte und Erik so festhielt und warum ich stammelte: »Mein Gott, mein Gott, vergib mir!«

Fünf Jahre sind seit jenem Erlebnis vergangen, und ich hab keine Einzelheit davon vergessen. Noch immer wirkt es in mir nach. Für mich wurde die Botschaft des Evangeliums darin so deutlich, dass sie kaum einer Erklärung bedurfte. Es war die Botschaft des barmherzigen Samariters – aber ich war der Priester, der vorüberging.

Es war Jesus, der den Aussätzigen heilte und dem Blinden sein Augenlicht gab – wie in einer Person vereint; aber ich war der Blinde.

Es war Gott, der fragte: »Bist du bereit, mir deinen Sohn für einen Augenblick zu überlassen?« – während er doch seinen Sohn uns für alle Ewigkeit überließ!

Es hieß, sehr genau zu wissen, was Mission bedeutet – und dann zu versagen, weil es unangenehm war. Es war die Frage: »Bist du auch bereit, dich demütigen zu lassen, auch an einem Ort, wo dich niemand kennt, um jemand anders glücklich zu machen?«

Es war die Liebe Christi, die in der Unschuld eines kleinen Kindes deutlich wurde, das kein Urteil fällte; eines Kindes, das ein Menschenherz sah, und einer Mutter, die nur die schmutzigen Kleider sah.

Es war Glaube ohne Werke. Es war eine Christin, die blind, und ein Kind, das sehend war.

Ich sollte dort still werden und lernen und dann von einem alten Mann hören, wie er durch alle Widrigkeiten des Lebens hindurch Gottes Segen auf mich legte. Irgendwie wusste mein kleiner Sohn in seinem Herzen, was ich nur mit dem Verstand erfasste: »Herr, wann haben wir dich hungrig gesehen?«

»Was ihr getan habt einem unter diesen meinen geringsten Brüdern, das habt ihr mir getan.«

Wenn ich die Zeit zurückdrehen und jenen Augenblick noch einmal durchleben könnte – was würde ich tun?

Vielleicht würde ich mich einfach zu ihm setzen und ihm zuhören und ihn mein Kind im Arm halten lassen, solange er wollte.

Der große Auszug

Irgendwo in Deutschland

Es war am spätend Abend – drei Tage vor Weihnachten. Draußen war es kalt. Die Straßen in der kleinen Stadt waren leer. Die meisten Leute saßen in ihren Wohnzimmern vor dem Fernseher. Nur einige junge Männer gingen langsam über den Marktplatz bis zur Kirche. Sie blieben vor der Kirchenmauer stehen und schauten um sich. Kein Mensch war zu sehen. Die Männer sprühten auf die Mauer: Deutschland den Deutschen! Asylanten-Pack raus! Ausländer raus! Dann gingen sie rasch weiter bis vor ein türkisches Geschäft. Sie warfen drei, vier Steine ins Schaufenster. Das Fenster zersprang. Die Scherben klirrten. Die jungen Männer rannten weg. Einige Leute in den Nachbarhäusern hatten das Klirren gehört – aber niemand schaute nach, ob etwas passiert war. Niemand wollte etwas sehen. Es blieb still. Plötzlich sagte eine leise Stimme in die Dunkelheit: »Ich gehe! Ich will weg aus Deutschland! Jetzt sofort!« Eine andere Stimme fragte: »Aber wohin willst du denn gehen?«

»Weit, weit nach Süden. Da ist meine Heimat. Hast du nicht gelesen? Dort an der Kirchenmauer steht: Ausländer raus! Also gehe ich jetzt raus. Ich gehe zurück in meine Heimat!«

Mitten in der Nacht wurde es unruhig in der kleinen Stadt. Die Türen der Geschäfte und Läden öffneten sich. Zuerst kamen Kakao und Schokolade in

Weihnachtsverpackung auf die Straße. »Wir verschwinden!«, sagten sie. »Auf nach Westafrika! Da sind wir zu Hause.« Dann hüpften Kaffeesäcke aus dem Lager. Sie wollten in ihre Heimat nach Uganda, Kenia, Mexiko und Südamerika. Paranüsse und Erdnüsse rollten über den Bürgersteig. »Wir wandern zum Hafen«, sagten sie. »Wir wollen auf die Schiffe und über den Ozean zurück nach Brasilien und Nordamerika.« Auch das Weihnachtsgebäck wurde munter. Die Gewürze in den Weihnachtsplätzchen und Weihnachtskuchen wollten nach Hause. Zimtsterne, Vanillekipferl, Anisplätzchen und Lebkuchen zogen los. Ananas und Bananen, Kiwi, Orangen, Pampelmusen, Datteln und Feigen wollten zum Flughafen, um nach Hause zu fliegen – in den Süden –, fort aus Deutschland!

Marzipan und Christstollen weinten: »Wir sind Mischlinge! Was passiert mit uns?« Es half nichts. Alle Früchte aus fremden Ländern – Korinthen, Rosinen, Mandeln –, alle Gewürze machten sich auf den Weg zurück in ihr Heimatland. Bei Sonnenaufgang startete ein großes Flugzeug, um Gold und Edelsteine, die sich in Deutschland niedergelassen hatten, wieder in ihre Heimat Südafrika zu bringen. Bald hatte sich die Nachricht vom großen Auszug aus Deutschland bis in den kleinsten Winkel verbreitet und war überall bekannt. Auf den Straßen und Autobahnen gab es kilometerlange Staus. Tausende japanische Autos fuhren in Richtung Küste. Sie wollten zu den großen Häfen, auf die Schiffe nach Japan. Diese Autos waren vollgestopft mit Kameras und Musikgeräten. Schicke japanische Motorräder fuhren zwischen den Autos.

Am Himmel sah man Weihnachtsgänse fliegen. Sie wollten zurück nach Polen. Auch Teppiche flogen durch die Luft – nach Asien, in die Türkei oder nach Persien. Bunte Seidenschals, feine Seidenhemden und Seidenblusen flatterten ab nach Indien. In den Straßen sprudelte Öl. Es floß in Bächen Richtung Arabien. Wolken von Erdgas zogen über Deutschland zurück nach Russland. Nach drei Tagen war die Aufregung vorbei. Pünktlich zu Weihnachten gab es in ganz Deutschland nichts Ausländisches mehr. Eine ausländerfreie Republik. Endlich! Aber – was ist das? In einem Schaufenster der kleinen Stadt, in dem der Auszugsspuk begonnen hatte, steht einsam eine kleine Krippe. Maria und Josef kümmern sich dort um das kleine Jesuskind auf dem Stroh. Drei Ausländer! Drei Juden! Sie sind geblieben. Und Maria sagt: »Wir gehen nicht fort. Wenn wir auch gehen – wer soll den Menschen in diesem Land dann den Weg zeigen zur Menschlichkeit, zur Freundlichkeit, zum Frieden miteinander?«

Elke Bräunling

Die rechte Weihnachtsfreude

»Vati, was wünschst du dir zu Weihnachten?« Seit Tagen verfolgten wir Vati mit dieser Frage. Wir wollten ihm etwas Besonderes schenken, etwas, das ihn immer an uns erinnerte. Und, ganz wichtig, es durfte nichts kosten. Vati sagte nämlich immer, etwas selbst Gemachtes sei viel schöner. Über unsere Basteleien hatte er sich dann auch immer mächtig gefreut, doch nach Weihnachten landeten sie in einer Ecke, im Schlamperschrank, wo alles Überflüssige aufbewahrt wurde. Dieses Mal musste es deshalb ein Geschenk sein, das er so schnell nicht vergessen würde. Aber was? Wir dachten lange darüber nach, doch alles Grübeln half nichts. Wir hatten einfach keine Idee. Und deshalb gingen wir immer wieder zu Vati und bohrten und störten ihn bei der Arbeit.

»Vati, was sollen wir dir denn nun schenken?«

Vatis Gesicht aber wurde immer unfreundlicher.

»Weiße Mäuse mit karierten Schwänzen«, brummte er.

»Hihi.« Wir kicherten albern. »Das gibt es doch gar nicht.«

»Müssen es karierte Schwänze sein?«, fragte Lena vorsichtig nach.

»Hm?« Er sah uns erstaunt an. »Bitte was?«

Oh! Er hatte uns gar nicht zugehört.

»Karierte Schwänze!«, brüllten wir ihm ins linke Ohr.

Vati starrte uns entgeistert an. »Ihr wollt mich wohl zum Narren halten?«, stöhnte er. »Raus jetzt!«

Doch wir ließen nicht locker. Schließlich rückte Weihnachten immer näher.

»Du musst nur sagen, was du dir wünschst! Dann lassen wir dich in Ruhe.«

»Schenkt mir zwei ganz liebe brave Mädchen, die mir nicht andauernd auf die Nerven gehen«, knurrte Vati.

Zwei liebe brave Mädchen? Lena war empört. »Aber du hast doch uns!«, sagte sie und zupfte ihn am Ärmel. »Wozu brauchst du noch zwei Mädchen?«

Vati, der schon wieder in seine Arbeit vertieft war, sprang auf und brüllte: »Es würde mich unglaublich freuen, wenn ihr auf der Stelle verschwindet. Das wäre für mich das allerschönste Geschenk.«

Er fuchtelte mit den Armen und scheuchte uns aus dem Zimmer. Wir waren ratlos. Verschwinden? Ob das die rechte Weihnachtsfreude für Vati war? Nein, das war keine gute Idee.

»Bestimmt haben wir ihn falsch verstanden«, überlegten wir und schlichen leise zu Vati zurück.

»Könnte es nicht sein«, flötete ich ihm ins Ohr, »dass es etwas gäbe, das dir noch mehr Freude macht? Ein Wunsch, bei dem wir nicht verschwinden müssten?«

»Hä?« Vati kapierte überhaupt nichts mehr. »Was wollt ihr?«

Verlegen druckstens wir herum. »Es ist doch wegen Weihnachten!«

Vati fuhr sich verzweifelt durch die Haare, und er sah uns so Mitleid erregend an, dass wir freiwillig gingen.

»Wünschen ist doch langweilig«, rief er hinter uns her. »Ich lasse mich lieber überraschen. Das ist schöner.«

Böh! Wir nahmen uns vor, ihn nie wieder nach einem Wunsch zu fragen. Eher würden wir uns die Zunge abbeißen. Irgendwann würde sich Vati schon selbst verraten. Wünsche hatte schließlich jeder. Auch Vati. Wir beschlossen, gut aufzupassen, und von nun an belauerten wir Vati bei allem, was er sagte. Irgendwann würde ihm ein Wunsch herausrutschen. Bestimmt.

So verging die Zeit. Weihnachten war nicht mehr weit, und wir waren ganz schön verzweifelt. Noch immer wussten wir nicht, was wir Vati schenken könnten.

Eines Tages dann hatten wir Glück. Beim Frühstück fragte Mutti: »Soll ich heute Nachmittag Tante Ida zum Tee einladen?«

Vati verdrehte gequält die Augen und stöhnte: »Die fehlt mir noch zu meinem Glück!«

Tante Ida? Es würde Vati glücklich machen, Tante Ida zu sehen? Als ersten Wunsch notierten wir: »Tante Ida zu Weihnachten einladen!« Das war kein leichter Wunsch, denn von allen Tanten mochten wir Tante Ida am allerwenigsten leiden. Doch wenn sie Vati glücklich machte, sollte es uns recht sein.

Vatis zweiter Wunsch folgte bald. Wir saßen noch immer am Frühstückstisch, und Vati meckerte über seinen Chef, den Herrn Kniesig. »Dem würde ich gerne ein Liedchen singen«, knurrte er. »Wenn ich nur könnte!«

Wir notierten unter 2: »Für Vati dem Herrn Kniesig ein Lied singen. In Klammer: Vielleicht ein Weihnachtslied?«

Na bitte, schon zwei Wünsche! Es war unser Glückstag.

Wir konnten noch mehr wundervolle Wünsche notieren: »Ein Königreich für einen hungrigen Kater«, schrie Vati, als im Keller eine Maus an ihm vorbeihuschte.

»Einen Kater für die Mäusejagd ausleihen«, schrieben wir auf unsere Liste.

Dann kam die Sache mit der Heino-Platte, die Mutti für Oma gekauft hatte. Vati lachte und verzog das Gesicht. »Diese Schmalzplatte«, rief er aus, »würde ich nur meinem besten Feind schenken, aber nicht Oma!«

Mutti legte die Platte ärgerlich zur Seite, und wir schrieben: »Heinoplatte zu Weihnachten an Vatis besten Feind verschenken. In Klammer: Das ist bestimmt Nachbar Locke, der alte Meckerkopf, der keine Kinder und Tiere mag.«

Ja, und dann Vatis Weihnachtswunsch für die olle Meyer: Viele im Ort mochten sie nicht leiden. Ich weiß nicht, warum. Zu uns war die olle Meyer immer nett und lächelte uns freundlich an, wenn wir ihr begegneten. Das gefiel uns. Auch Vati konnte nicht verstehen, warum so viele Leute über sie schimpften.

»Was habt ihr nur gegen die olle Meyer?«, fragte er. »Ich finde, die ist ganz okay, auch wenn sie nicht ganz richtig tickt!« Und er tippte sich mit der Fingerspitze an die Stirn. »Dafür kann sie nichts«, fuhr Vati fort. »Ich würde der Meyer mein letztes Hemd herschenken, wenn ich ihr damit eine Freude machen könnte.«

So sprach Vati, und wir notierten: »Vatis Weihnachtsfreude für Frau Meyer: Sein letztes Hemd.«

Wir jubelten: Schon fünf Wünsche, und keiner kostete Geld. Toll. Welchen aber sollten wir Vati erfüllen?

»Schenken wir ihm alles«, schlug Lena vor und grinste. »Wo's doch kein Geld kostet!«

Ich war einverstanden. »Vati wird sehr glücklich sein.«

»Hihi!« Wir freuten uns diebisch.

In den nächsten Tagen hatten wir viel zu tun. Fünf Wünsche zu erfüllen, die man noch dazu nicht kaufen konnte, war nicht einfach. Wir machten uns einen richtigen Plan.

Dann kam auch schon Heiligabend. Was waren wir aufgeregt! Gleich nach dem Mittagessen machten wir uns davon. Wir gingen zuerst zu Nachbar Locke, und unsere Knie fühlten sich an wie Pudding. Den Herrn Locke fürchteten wir nämlich fast so sehr wie einen Poltergeist.

»Wir werden es schon schaffen!«

»Ja, Vati zuliebe.«

Unsere Herzen pochten laut, als wir dem verdutzten Locke die Heinoplatte überreichten und ihm unsere Weihnachtsgrüße vorstotterten. Dann aber staunten wir ganz schön: Herr Locke schimpfte nämlich nicht wie sonst. Er sah uns nur verwundert an, und mir war, als hätte er auch ein bisschen gestottert.

»Das ist ... das ist ...«, sagte er ein um das andere Mal. Mehr hörten wir nicht, denn wir rasten wie der Blitz davon. Aber merkwürdig war's trotzdem.

Auch unser Besuch bei der ollen Meyer verlief anders als geplant. Da wir nicht wussten, welches Vatis letztes Hemd war, hatten wir alle seine Hemden in ein Paket verpackt. Dieses wollten wir nur schnell abgeben und frohe Weihnachten wünschen. Die olle Meyer aber machte uns einen Strich durch die Rechnung. Zuerst lächelte sie uns wie immer freundlich an, doch dann purzelten die Worte wie ein Wasserfall aus ihrem Mund: »Danke, danke, dankeschön. Ach, wie mich das freut. Was für eine nette Überraschung. Ich danke euch. Ach, ist das schön ...«

Sie redete und redete, lachte zwischendurch und redete weiter. Wir erschraken. Nie hätten wir gedacht, dass die olle Meyer so viel reden konnte. Und sie unterbrach ihren Redefluss nicht ein einziges Mal. Das war uns unheimlich. Vorsichtig zogen wir uns zurück. Doch Frau Meyer war schneller. Sie packte uns, schloss uns in die Arme und murmelte: »Was seid ihr für liebe nette Mädchen. Denkt an einem Tag wie heute an eine olle Frau wie mich. Das ist lieb von euch, so lieb.« Und dicke Tränen kullerten über ihr faltiges Gesicht.

Wir hielten mucksmäuschenstill. Nun mochten wir die olle Meyer noch besser leiden, und insgeheim wünschten wir uns, wir hätten sie auch ohne Vatis Weihnachtswunsch besucht. Einfach so!

Dann zog uns Frau Meyer in die Küche, wo es süß nach Lebkuchen duftete. Dort saßen wir auf der Eckbank, tranken heiße Schokolade und probierten alle Plätzchensorten aus. Frau Meyer zündete Kerzen an und erzählte uns von früher, von Weihnachten, als sie ein kleines Mädchen war. Es war richtig kuschelig, und wir vergaßen die Zeit. Als wir endlich wieder an Vati dachten, war es schon spät. Wie gerne wären wir noch in der gemütlichen Küche sitzen geblieben, doch wir mussten weiter. Ich glaube, Frau Meyer hatte sich arg über unseren Besuch gefreut. Und dabei hatte sie Vatis Hemden gar nicht ausgepackt. Merkwürdig!

Merkwürdig verlief auch unser Singen bei den Kniesigs: Den Herrn Kniesig hatten wir uns als einen mürrischen Mann vorgestellt. Aber er war ganz anders und sehr nett. Seine Frau auch, und ganz besonders Hüna, der wuschelige Hund der Kniesigs, der uns gleich begrüßte und fröhlich bellte, als wir unser Weihnachtslied sangen. Das klang ungefähr so: »Leise – wau, wau – rieselt der – wau – Schnee – wau, wuff, wau …« Oh, das klang spaßig! Zum Schluss mussten die Kniesigs ein bisschen weinen, weil sie sich so freuten.

»Noch nie haben Kinder für uns gesungen«, sagte Frau Kniesig und umarmte uns. Und Herr Kniesig rief ein um das andere Mal: »Danke schön. Danke. Vielen, vielen Dank!«

Dann wollten sie uns zu einem Stück Kuchen einladen, aber wir hatten keine Zeit mehr. So riefen wir nur schnell »Frohe Weihnachten« und rannten weiter. Es war höchste Zeit, denn wir mussten bei Onkel Udo Kater Mimo abholen, den wir uns für Vati ausgeliehen hatten. Wegen der Mäuse!

Onkel Udo und Mimo standen am Fenster und warteten auf uns. »Wir dachten schon, ihr kommt nicht mehr«, rief uns Onkel Udo entgegen. Er packte Mimo in einen Korb und deckte ihn mit einem Tuch zu. »Damit es eine Überraschung wird«, sagte er und grinste. Das war merkwürdig, denn immer, wenn Onkel Udo grinste, passierte etwas Schreckliches. Onkel Udo ist nämlich Vatis kleiner Bruder, und es macht ihm immer Spaß, Vati zu ärgern. Auch heute noch, wo er doch längst erwachsen ist!

»Dann feiert mal schön«, rief Onkel Udo uns lachend nach. Wirklich merkwürdig! Wir hätten gerne gewusst, warum er so grinste. Heute war doch Weihnachten!

Doch zum Nachdenken blieb keine Zeit. Wir mussten uns sputen. Bald würde Tante Ida mit

Dackel Püppi zu Hause eintreffen, und wir wollten sie bis zur Bescherung in unserem Zimmer verstecken. Wir rannten so schnell wir konnten und achteten nicht auf den Schneematsch auf der Straße. Und »plitsch, platsch« spritzte ein Matschfleck nach dem anderen auf unsere Röcke und die weißen Strümpfe, und als wir endlich vor unserer Haustür standen, waren wir über und über mit Schmutz bespritzt. Eine schöne Bescherung! Aber das war erst der Anfang.

Was jetzt noch alles passierte, werde ich bestimmt nie mehr vergessen: Wir wollten uns leise ins Haus schleichen, doch da riss Vati auch schon die Tür auf. Im Unterhemd. Und er sah überhaupt nicht weihnachtlich froh aus. O nein! Er musterte uns von oben bis unten, atmete tief durch und brüllte los: »Wo habt ihr gesteckt? Wisst ihr eigentlich, wie spät es ist? Und überhaupt: Wie seht ihr aus? Ihr Schmutzfinken! Und das an Weihnachten …!« Seine Stimme wurde laut und lauter. »… und was habt ihr mit meinen Hemden angestellt? Im ganzen Haus ist kein einziges Hemd zu finden.« Er zerrte an seinem Unterhemd. »Soll ich vielleicht so Weihnachten feiern?« Oh, Vati tobte! Und weil er gar nicht mehr aufhörte, kam Mutti pitschnass aus der Badewanne gerannt, denn sie dachte, es sei etwas passiert. Tropfend, in ein Badetuch gehüllt, Lockenwickler auf dem Kopf und eine hellgrüne Gurkenmaske im Gesicht, stand sie neben Vati und starrte uns an.

Doch gerade als sie etwas sagen wollte, hörten

wir hinter uns eine meckernde Stimme: »Was ist hier los? Feiert man heutzutage so Weihnachten?«

Tante Ida! O je! Die hatten wir ja ganz vergessen!

Vati und Mutti standen wie zwei Steinfiguren an der Haustür und stierten Tante Ida an, die in ihrem Festtagskleid auf uns zugetrippelt kam. Und wie war sie voll beladen! Rechts ein Koffer, links ein Korb mit Weihnachtspäckchen und Püppis Hundeleine und unter dem Arm Tannenzweige.

»Frohe Weihnachten«, sagte Tante Ida und reichte Mutti den Korb mit den Geschenken. »Nimm das mal ab!«, befahl sie. »Und sieh' nicht zu, wie sich deine alte Tante abschleppt! Überhaupt: Wie seht ihr denn aus? Bin ich etwa zu früh?« Sie schob Mutti beiseite und betrat das Haus. »Ah, wir freuen uns, mit euch Weihnachten zu feiern«, rief sie fröhlich. »Das ist schön, nicht wahr, Püppilein?« Vorsichtig hob sie Püppi hoch und setzte ihn auf Muttis Lieblingssessel.

Mutti schnappte nach Luft, doch es schien, als hätte sie ihre Sprache verloren. Kein Wort kam über ihre Lippen.

Vati fasste sich als Erster. »Guten Tag, Tante Ida«, sagte er und hustete. »Was machst du eigentlich …«

Weiter kam er nicht, denn Püppi watschelte zu dem Korb, in dem wir Mimo versteckt hielten. Er schnupperte aufgeregt, dann bellte er los. Das war aber zu viel für Mimo, der die ganze Zeit mucksmäuschenstill geblieben war. Mit einem schrillen

»Miau« sprang er aus dem Korb und jagte an uns vorbei ins Wohnzimmer. Püppi war empört. Ein Kater! Mit einem wütenden Knurren sauste er hinter Mimo her. Oh! Vati sah uns vielleicht böse an! Doch es blieb keine Zeit zum Erklären. Nach dem ersten Schreck rannten wir alle hinter den beiden Kampfhähnen her.

»Püppi, mein armes Püppilein!«, heulte Tante Ida ein um das andere Mal.

»Mistköter, wirst du wohl still sein!«

»Wo kommt nur dieser wild gewordene Kater her?«

Schimpfend und fluchend versuchten Vati und Mutti, die beiden Ausreißer einzufangen. Das sah vielleicht komisch aus: Mutti im Badetuch mit grünem Gurken-Gesicht und Lockenwicklern, Vati im Unterhemd und Ida auf hohen Stöckelschuhen – so rannten sie um den Weihnachtsbaum herum.

Wir konnten nichts dafür, doch wir mussten einfach lachen. Wir lachten und lachten, und klar, Mutti und Vati blickten immer wütender drein. Natürlich schafften sie es nicht, Mimo und Püppi einzufangen. Die Jagd wurde immer wilder und Vatis Gesicht immer röter. Und als es gerade am schönsten war, erklang von draußen plötzlich ein Weihnachtslied. Laut und falsch.

»Oh du fröhliche, oh du selige gnadenbringende Weihnachtszeit …«

Im gleichen Moment sauste ein grau-weißes Riesenwollbündel mit lautem Gebell ins Wohnzimmer. Es war Hüna, der freundliche Hund der

Kniesigs. Der Gesang wurde auch immer lauter, und dann standen die Kniesigs mit Tüten im Arm mitten im Wohnzimmer.

»Die Tür war offen«, sagte Herr Kniesig entschuldigend. »Wir wollten nur frohe Weihnachten wünschen und Dankeschön sagen.«

»Ich auch!«, rief es von hinten. Eine knurrige Stimme, die uns schon so manchen Schrecken eingejagt hatte. Nachbar Locke. Und in den Händen balancierte er eine Weihnachtstorte.

Nun fehlte nur noch die olle Meyer ...

Lena zupfte mich am Ärmel. »Glaubst du nicht, es wäre doch besser, wir würden verschwinden?«, fragte sie leise.

Ein guter Vorschlag. Ich nickte. »Ja, weg! Nichts wie weg!«

Und während unsere Eltern hilflos und nichts begreifend unsere Weihnachtsüberraschungen »auspackten«, zogen wir uns vorsichtig zurück. Langsam. Schritt für Schritt. Fast wäre uns die Flucht geglückt. Wir hatten schon die Haustür erreicht, doch da packte uns eine Faust am Kragen.

»Na, herrscht bei euch schon das große Chaos? Wie geht's denn dem armen Mimo?«

Uh! Onkel Udo. Gott sei Dank nur Onkel Udo!

»Ich war einfach neugierig«, sagte er grinsend. »Und ich habe etwas mitgebracht!«

Er ging zur Tür und trug einen Korb Flaschen herein und hinter ihm stand Frau Meyer. Sie hatte ein richtiges Weihnachtsfraulächeln im Gesicht und war beladen mit einem köstlich bunten Fresskorb – und unserem Hemdpaket. Au weia!

Es wurde dann doch noch ein schönes Weihnachtsfest. Irgendwann hatte Vati den ersten Schreck überwunden. Dann dauerte es auch nicht mehr lange, und alle hatten sich beruhigt. Vieles wurde gesagt, erklärt und belächelt.

Zum Schluss rief Mutti: »Und nun feiern wir Weihnachten! Gemeinsam!«

Da freuten sich alle, denn eigentlich fand es jeder schöner, mit uns zu feiern, als an diesem Tag alleine zu sein. Und – wer hätte das gedacht? – alle verstanden sich prima. Es war ein Weihnachtsfest, das keiner von uns jemals vergessen würde – lustig, fröhlich, feierlich und sehr weihnachtlich. Am allerwenigsten aber würde Vati unsere fünf Geschenke, die kein Geld kosteten, jemals irgendwo in einer Ecke im Schlamperschrank vergraben.

Peter Spangenberg

Der verlorene König

»Es können ruhig fünf Könige sein!«, sagte ich zu den Kindern.

Sie waren begeistert. Denn das war die Idee: Am vierten Advent singen wir im Städtischen Krankenhaus.

Singen wollen ist eine Sache, singen können eine andere. Wir hatten uns für den »Quempas« entschieden, jenes alte Weihnachtslied, das man so gut mit verteilten Rollen singen kann. Ich erklärte den Kindern, dass der Gesang aus dem 14. Jahrhundert stamme, was ihnen großen Eindruck machte. Arno übernahm den Teil, wo es heißt: »Zu dem die Könige kamen geritten, Gold, Weihrauch, Myrrhen brachtn sie mitte.« Arno war damals elf Jahre alt. Er steigerte sich derartig in das Lied hinein, dass ich ihn bei den Proben stets bremsen musste. Maike, Erika, Stephan und Holger waren zurückhaltender. Sie galt es zu motivieren. Nach drei Wochen war ich der Ansicht, dass wir es wagen könnten. Arno sang zwar immer noch »Weinrauch« statt »Weihrauch«, und alle miteinander wurden mit den vielen alten Worten nicht fertig: »ein Wohlgefallen han« oder »das Vieh lasst stahn«. Was die »himmlische Hierarchia« sein sollte, blieb ihnen vollends fremd. Ich war schon froh, dass die Betonung klappte. Außerdem ist die Adventszeit immer viel zu hektisch, und so beschloss ich, den Auftritt zu wagen.

Die Verkleidung wurde kein Problem. Die Gewänder waren bald zusammengestellt, und die glitzernden Kronen saßen prächtig mit Hilfe von Sicherheitsnadeln, Klebeband und Klemmen. Nur Erikas Diadem rutschte fortwährend über die Ohren. Es gab Tränen. Doch immerhin: Die fünf Könige waren gerüstet, und ich hoffte, die Patienten würden ihr »Wohlgefallen han«, wenn sie unsere »himmlische Hierarchia« erblicken.

Die Stadt hatte inzwischen ihr festliches Gewand angelegt. Lichterketten durchglühten die schneematschigen Straßen, vereinzelt grüßten Tanenbäume in die Menschenmenge, die sich kaufsüchtig durch den Halbnebel schob. O du deutsches Weihnachten! Von Krippe keine Spur, dachte ich, und Arno sang im Fußgängertunnel: »Gold, Weinrauch, Myrrhen brachten sie mitte.« König Holger fiel der Länge nach hin. Ausgerechnet er trug die Tasche mit den Kronen, die plötzlich sehr alt aussahen. Erika begann hemmungslos zu weinen. Ich fühlte mich elend. So viel Kinderkummer auf einmal. Doch es gelang, die fünf Könige wieder in Gang zu bringen, und wenig später standen wir an der Pforte unseres Stalles; denn so hatte ich es den Kindern erklärt: Das Städtische Krankenhaus würde nun unser Stall von Bethlehem sein.

Als wir uns in der großen Eingangshalle befanden, sah ich, dass König Erikas Gesicht seltsam gestreift wirkte; denn sie war der Mohr, dessen schwarzes Gesicht durch die Tränen im Tunnel arg Schaden genommen hatte. Das machte nun nichts mehr. Schnell schlüpften die Kinder in Krone und Gewand, und schon waren wir unterwegs zur Chirurgischen. Das Singen gelang wunderbar, wenn man von Arnos Solo absah und auch davon, dass König Erika den Text vergessen hatte und die drei andern gar nicht erst mitsangen, weil sie wie gebannt auf geschiente Beine sahen. So hielt ich allein durch, gestützt von meiner Gitarre, die ich mit klammen Fingern bediente. Bei den »Inneren Frauen« allerdings waren wir wirklich ein kleiner Chor, und bei den »Inneren Männern« schwamm ein Hauch von Weihnachtsstimmung durch die Räume. Auf dem Weg zur »Hals-, Nasen- und Ohrenabteilung« sahen wir das Schild »Kindern ist der Zutritt untersagt«. Ich erklärte meinen Königen, dies sei die Kinderstation, und den kleinen Patienten dürften keine ansteckenden Krankheiten hineingetragen werden. Mir fiel einfach keine bessere Erklärung ein.

Bei den Hals-, Nasen- und Ohrenpatienten gelang uns der Quempas besonders gut. Ich atmete auf. Das war also geschafft. Der freundliche nigerianische Assistenzarzt bedankte sich bei den Kindern und sang zu deren großer Freude ein Weihnachtslied in englischer Sprache:

»The Virgin Mary had a baby boy …« König Erika belohnte ihn dafür mit ihrer Krone. In diesem Augenblick bemerkte ich, dass König Arno fehlte.

Mit Rücksicht auf die Patienten riefen wir nur leise nach ihm.

Dr. Tuburu, der Arzt aus Nigeria, schloss sich der Suche an. Arno war nirgends zu sehen, zu hören oder gar zu finden. Ich wurde unruhig. Wir telefonierten mit der Pforte. Nichts. Wir fragten Schwestern, die uns auf den Fluren entgegenkamen. Nichts. Wir suchten natürlich auch die Toiletten ab. Nichts. König Arno war verschwunden. Ich machte mir Vorwürfe. Wildfremde Menschen sprachen wir an, nervöse Krankenhausbesucher. Nichts! So etwas wie Panik kam auf. Wir fuhren mit dem Aufzug hinunter und wieder herauf. Kein König Arno. Inzwischen waren wir eine richtige »Posse«, wie man wohl im Wilden Westen eine Suchmannschaft bezeichnet. König Maike hielt krampfhaft meine Hand fest.

Da – wir blieben wie angewurzelt stehen, da hörten wir eine Stimme: »Zu dem die Könige kamen geritten, Gold, Weinrauch, Myrrhen brachtn sie mitte!« Das konnte nur König Arno sein. Wir gingen dem Klang nach und gerieten auf diese Weise trotz des Verbotsschildes auf die Kinderstation. Der verlorene König stand mitten in einem Vielbettzimmer, sang aus Leibeskräften, verteilte dabei die Süßigkeiten, die eigentlich für die Sänger gedacht waren, und strahlte. Ich musste schlucken. Da war das Krankenhaus doch tatsächlich zum Stall von Bethlehem geworden.

Karin Pöckelmann

An einem Februartag in Bethlehem

Bethlehem – was für ein Wort! Seit meiner Kindheit fiel in diesem fremden und doch so vertrauten Namen alles zusammen, was für mich zum Zauber der Weihnacht gehörte: das Wunder der Geburt, der Gang zur Kirche durch die verschneiten Straßen meiner Heimatstadt, das Geheimnis um die Geschenke, die Vorfreude in der Adventszeit.

Als ich plante, nach Israel zu reisen, hatte ich die Besorgnis, dass dieser Zauber durch die – wie auch immer geartete – Realität zerstört werden könnte. In meiner Fantasie war Bethlehem nach wie vor ein im wahrsten Sinne des Wortes altertümliches Dorf mit Lehmhütten und solchen Ställen, wie man sie von den Weihnachtskrippen her kennt. Und natürlich war es dunkel: eine kalte, sternenklare Winternacht.

Die Rundreise durch Israel führte unsere Reisegruppe zunächst in den Norden des Landes: an den See Genezareth und nach Obergaliläa. Meine Bedenken schienen völlig unbegründet, denn die Schönheit der Landschaft übertraf meine Erwartungen bei weitem. Schließlich kamen wir auch nach Nazareth, und ich erlebte dort die befürchtete Enttäuschung. Ich traf auf eine große, geschäftige Stadt mit einer bis zur Unerträglichkeit verkitschten Verkündigungskirche. Voller Besorgnis sah ich meinem Kindheits-Bethlehem entgegen!

Den zweiten Teil der Reise verbrachten wir in Jerusalem, und es war geplant, von dort aus Bethlehem zu besuchen, das nur sieben Kilometer von Jerusalem entfernt in den judäischen Bergen liegt. Es war der 13. Februar, als wir uns dorthin auf den Weg machten. Wir fuhren mit unserem Bus aus Jerusalem heraus und hielten zunächst am Stadtrand an, um in einem Restaurant mit dem eindrucksvollen Namen »Kleopatra« einen Imbiss einzunehmen. Ich kaufte mir nur ein Fladenbrot und ging dann wieder hinaus, um mich ein bisschen umzusehen.

Draußen traf ich auf unseren palästinensischen Reiseleiter Abed und unterhielt mich mit ihm. Auf der gegenüberliegenden Seite befand sich eine Tankstelle, wo reger Betrieb herrschte. Während unseres Gespräches beobachtete ich mehrere Tankwarte und Mechaniker bei ihrer Arbeit. Plötzlich fielen aus einer einzigen großen Wolke ein paar dicke Tropfen Regen. Unser erster Regen in Israel! Im gleichen Moment sah ich, dass die Männer bei der Tankstelle ihrer Arbeit stehen- und liegenließen, sich in die Arme fielen und anfingen zu tanzen. Ich sah Abed verständnislos an. »So freut man sich in Israel, wenn es regnet«, sagte er. »Wir brauchen hier jeden Tropfen!«

Nachdem ich mich von meiner Verblüffung erholt hatte, schlug Abed mir vor, ein Stück die

Straße entlangzugehen. Er wolle mir etwas zeigen. Die Bebauung hörte jetzt ganz auf. Wir befanden uns in der offenen Landschaft. Abed blieb stehen. Auf unserer Seite der Straße erhob sich ein Hügel, an dessen Hang sich ein Hain von blühenden Mandelbäumen emporzog. Die Sonne war inzwischen wieder durchgekommen und ließ die weißen Blüten, auf denen noch die Regentropfen standen, wie Kristalle glitzern. Der Erdboden war über und über mit blühenden Feldblumen bedeckt: gelben Kronenmargariten, roten Anemonen und helllila Blumen, die mir unbekannt waren und die Abed Lilien nannte. Es duftete intensiv nach Honig. Auf dem Gipfel des Hügels lag eine Ortschaft, deren weiße Häuser im Sonnenlicht zu leuchten schienen. Ich konnte mich gar nicht satt sehen an diesem bezaubernden Anblick.

Schließlich fragte ich Abed: »Was ist das für ein Ort auf diesem Berg?« Er antwortete scheinbar völlig gleichmütig: »Das ist Betlehem!« Ich war sprachlos. Bethlehem als Inbegriff des Frühlings – das brachte meine Vorstellungen völlig durcheinander!

Abed hatte Spaß an meiner erneuten Verblüffung. »Zur Entschädigung möchte ich Ihnen etwas vom Heiligen Abend in Bethlehem erzählen«, sagte er.

»Manchmal gehe ich in den Gottesdienst dort. Um einen Platz in der Geburtskirche zu bekommen, muß man bereits vier bis sechs Stunden vorher dort sein. Damit möglichst viele Menschen teilnehmen können, gibt es keine Sitzplätze. Die Menschen stehen dicht gedrängt, Stunde um Stunde, ruhig und diszipliniert – aber voller froher Erwartung. Schließlich beginnt es. Überwältigend ist für mich jedesmal das Erlebnis, dass alle diese Menschen, mehrere Tausend sicherlich, die aus der ganzen Welt zusammengekommen sind, die gleichen Weihnachtslieder singen in allen Sprachen der Welt. Es entsteht ein unbeschreibliches Gefühl der Gemeinsamkeit.« Abed machte eine kleine Pause und fügte dann hinzu: »Es sind dies die deutschen Weihnachtslieder, die um die ganze Welt gegangen sind.«

Inzwischen war unsere Reisegruppe aus dem Restaurant herausgekommen. Wir stiegen in den Bus, der uns in kürzester Zeit zur Geburtskirche in Bethlehem brachte. Die Geburtskirche ist über 1600 Jahre alt und somit die älteste Kirche der Christenheit. Sie bietet einen archaischen, festungsartigen, sehr ehrwürdigen Eindruck. Im Innern befindet sich eine weiträumige Säulenhalle, die dieses Gefühl verstärkt.

Wir gingen eine kleine Treppe hinunter in die eigentliche Geburtsgrotte, über der die Kirche errichtet worden ist. Vor 2000 Jahren lebten Mensch und Vieh in Bethlehem nämlich in Wohnhöhlen. Nur die Werkstätten und Läden befanden sich zu ebener Erde. Solche Ställe wie in unseren Weihnachtskrippen gab es mit Sicherheit nicht. Heute ist die Geburtsgrotte auf das Kostbarste ausgeschmückt. Beleuchtet wurde sie von etlichen schimmernden Öllampen, die den Raum in ein geheimnisvolles Halbdunkel tauchten.

Abed gab uns leise ein paar Erläuterungen und schloss seinen kleinen Vortrag mit den Worten: »Ich hoffe und wünsche Ihnen, daß Sie nicht so von Israel abreisen werden, wie Sie gekommen sind!« –

Dann las er uns die Weihnachtsgeschichte vor. Wir entschlossen uns ganz spontan »Stille Nacht, heilige Nacht« zu singen. Plötzlich war Weihnachten ganz nah. Und dennoch: Draußen lag eine weiße Stadt auf einem Hügel voller Blumen, und an der Landstraße tanzten die Männer aus Freude über ein paar Tropfen Regen. Bethlehem – was für ein Wort!

Rudolf Otto Wiemer

Der Stein des Eseltreibers

Hätte ich nur meinen Stein noch. Am liebsten würde ich alles kaputtschlagen. Dieses Gasthaus, das für unsereinen keinen Platz hat. Den Schuppen, wo ich übernachtete und fror. Den Stall, ja, den Stall auch. Weil dort der Esel steht. Mein Esel. Dieser verdammt kluge Esel, der glaubt, er könne mich belehren. Dabei ist er nichts anderes als ein unwissendes Vieh, eine Kreatur, die sich nicht mal wehrte, wenn ich sie schlug oder ihr einen Tritt versetzte.

Es ist wahr, mitunter tat der abgelebte Bursche, dessen Fell voller Schorf und Narben ist, mir leid. Konnte ich dafür, dass der Aufseher mich antrieb? Dass er die Peitsche über mir schwang wie ich den Stecken über dem Esel? Na, und weshalb tat er das, der Aufseher? War er ein Unmensch? Zuzeiten konnte er recht gemütlich sein, doch er hatte den Oberaufseher über sich und dieser wiederum den Oberoberaufseher, und der den Alleroberstein. Was bedeutet das schon, frage ich, ein Eseltreiber, wo es so viele Aufseher gibt?

Dabei habe ich von Herrn Abamoth noch gar nicht gesprochen, von ihm, dem alle Aufseher und Oberaufseher blind gehorchen. Herr Abamoth, ist er nicht fast so mächig wie der liebe Gott? So streng, so allwissend, so weit entfernt? O, wie ich ihn hasse! Hätte ich nur meinen Stein noch, den flachen, dreikantigen Stein, den ich aufhob, als Herr Abamoth mich vom Hof jagte.

Jawohl, das hat er getan. Ohne Grund sozusagen, denn ich trank nicht, ich stahl nicht, ich hatte kein vorlautes Maul, nein, ein Eseltreiber bin ich gewesen wie jeder andere, und einen demütigen Augenaufschlag, wenn es nötig war, hatte ich auch. Nur dieser Esel – sagte ich nicht, dass er ein anmaßender, übermäßig lauter Esel ist? Er schrie. Er schrie, ob ich ihn schlug oder nicht. Ich denke, es machte ihm einfach Spaß zu schreien. Vielleicht kam er sich gar vor wie einer, der etwas Wichtiges zu verkünden hat – kurz und gut, dem Herrn Abamoth war das laute Wesen nicht angenehm. Er sagte: »Dieser Esel schreit mehr, als einem Esel erlaubt ist. Das stört mich.«

Was wollte ein jämmerlicher Mensch wie ich da erwidern? »Herr«, sagte ich, »ein guter Esel, der viel schreit. Womöglich ist es Gottes Stimme, und Ihr solltet nicht taub sein wie Bileam.«

Das war, mit Verlaub, etwas großspurig geredet, doch musste Herr Abamoth deshalb gleich in Zorn geraten? Die Ader schwoll ihm auf der Stirn. »Fort mit dem Esel!«, schrie er. »Und der Treiber Joel, der die Hoffart des vorwitzigen Esels entschuldigt, mag gleichfalls zum Schinder gehen!« Dieser Joel war ich, versteht ihr?

Joel nahm also den Esel beim Halfter, und beide gingen von Herrn Abamoths Hof. Vorher aber hob

Joel den Stein auf und steckte ihn in die Tasche. Man kann ihn auch in die Faust nehmen, den Stein. Man kann ihn durch die Luft schleudern, aus fünf Schritt Entfernung. Und er ist härter als Herrn Abamoths glatter, haarloser Schädel. Das wusste Joel. Jedenfalls bis gestern. Gestern besaß Joel den Stein noch. Er hütete ihn wie seinen Augapfel, denn Rache ist süß, sagt man. Joel wollte sie kosten. Er wollte diesem Herrn Abamoth zeigen, wo der Schinder wohnt. Und ein Recht dazu hatte er doch? O, dieser Joel, wäre er bloß nicht in den Stall gegangen! Daran ist niemand sonst als der Esel schuld. Wieso, fragt ihr? Nun, ich hatte das Tier dort angepflockt, damit es ein Dach überm Kopf hätte. Ich selber schlief nebenan im Schuppen. Aber der Esel hörte nicht auf zu schreien. Genügte das Erbsstroh ihm nicht? Oder was hatte er sonst für eine unausstehliche Neuigkeit?

Jedenfalls, als ich in den Stall kam, sagte der Esel: »Kommst du endlich, du Muffel?« Muffel nannte er mich. Das tat er stets, wenn er böse auf mich war. Das heißt, reden kann der Esel natürlich nicht, doch ich verstehe ihn. Wir leben ja länger als zehn Jahre zusammen.

»Siehst du nicht, was hier los ist?«, fragte der Esel.

Ich sah zwei arme landfahrende Leute, die im Stall untergekommen waren, ein Weib und einen Mann. Kann nicht weit her sein mit denen, dachte ich, sonst hätten sie das Kind woanders zur Welt gebracht.

Es ist wahr, das Neugeborene sah ich auch. Es weinte, und ich wusste nicht, was tun, denn ich bin noch nie ein Kindernarr gewesen.

»Na, mach schon«, sagte der Esel. Er wollte partout, dass ich die Krippe in Ordnung brächte. Sie wackelte, die Krippe. Das eine Bein war zu kurz, deshalb konnte das Kind nicht schlafen.

»Leg was unter«, sagte der Esel. Oder hatte ich das selber gedacht?

Ich blickte mich im Stall um. Es war ziemlich dunkel. Der Mann, der sich Joseph nannte, mochte nicht mehr Öl genug in der Laterne haben.

»Greif doch in die Tasche, du Muffel«, sagte der Esel.

Ich griff in die Tasche, das hätte ich sowieso getan. Wenn man etwas braucht, sucht man zuerst bei sich selber, nicht wahr? Doch in der Tasche war nichts. Nur der Stein. Und der Esel nickte befriedigt, als ich den Stein unter das kurze Krippenbein schob. Er passte genau.

Offen gestanden, ich hatte einen unmäßigen Zorn. Nicht, dass ich den fremden Leuten gram gewesen wäre, nein, sie waren womöglich ebenso schlimm dran wie ich, allein auf der Landstraße, ohne Dach. Auch, dass das Kind in der Krippe nun schlafen konnte – alles in Ordnung. Aber was sollte ich ohne den Stein? Gewiss, Steine gibt es genug im Feld, doch dieser eine, den ich in Herrn Abamoths Hof aufhob, lag er mir nicht scharf und griffig in der Hand? Ein Stein, wie für mich gemacht. Was also hatte der Esel gemeint?

Er schwieg. Wollte er, dass ich den Zorn vergesse? Kann ich das? Und wenn ich Herrn Abamoth den Schädel nicht einschlage, wer soll dann für Gerechtigkeit sorgen in der Welt?

Axel Kühner

Die Flöte des Hirtenjungen

In der wundersamen Nacht, in der der Heiland geboren wurde, war ein armer Hirtenjunge im Gebirge bei Bethlehem. Er suchte nach einem entlaufenen Schaf. Hinauf hastete er und suchte. Atemlos war er und unglücklich. Und während die Luft schon erfüllt war vom Lobgesang der Engel, war er noch erfüllt von der Sorge um sein Lamm. Da stand plötzlich ein Engel vor ihm und sagte: »Mach dir keine Sorgen um dein Schaf. Heute ist ein größerer Hirte geboren. Lauf nach Bethlehem, dort liegt der Retter der Welt in einer Krippe!« – »Der Retter der Welt«, antwortete zaghaft der Junge, »zu ihm kann ich nicht ohne Gabe kommen!« – »Nimm diese Flöte und spiele für das Kind«, sagte der Engel und war verschwunden. Vor den Füßen des Hirtenjungen lag eine silberglänzende Flöte. Sieben himmelreine Töne hatte sie und spielte von selber, als er hineinblies.

Fröhlich sprang der Junge den Berg hinunter, achtete nicht auf den Weg und schlug der Länge nach hin. Im Fallen verlor er die Flöte und einen Fluch. Als er die Flöte wieder aufnahm, war sie um einen Ton ärmer.

Jetzt war der Weg gut. Plötzlich saß vor ihm auf dem Pfad ein großer Wolf. »Du Schafsmörder!«, rief der Junge und warf die Flöte nach dem Tier. Der Wolf war verschwunden, aber auch ein weiterer Ton von seiner Flöte.

Bald war er bei seiner Herde. Alle Tiere lagen friedlich. Nur ein Schaf strich noch herum und blökte laut. Der Junge wollte es in den Pferch treiben. Als das Schaf nicht folgte, warf der Junge mit der Flöte nach ihm. Wieder verlor er einen Ton.

Aber wo waren die anderen Hirten? Der Hirtenjunge dachte, dass sie im Wirtshaus bei Kartenspiel und Bier säßen. Voller Groll schwang er die Flöte in der Hand. Und wieder verlor sie einen Ton.

Nun lief er nach Bethlehem. Als er an das Stadttor kam, umringten ihn die Gassenjungen und wollten ihm die schöne Flöte abnehmen. Das gab eine Balgerei und Schlägerei. Die Flöte behielt er, aber sie hatte noch einen Ton weniger.

Jetzt sah er schon den Stall. Über dem Dach strahlte ein heller Stern. Gerade als er durch den Hof gehen wollte, fuhr der Kettenhund auf ihn los, und der Junge wehrte sich mit der Flöte. Er kämpfte sich den Weg frei, doch nun hatte die Flöte nur noch einen einzigen Ton. Der Junge schämte sich so sehr. Seine wunderbare Gabe war so klein geworden. Dann ging er in den Stall und sah das Jesuskind in der Krippe liegen. Da spielte er seinen einzigen, letzten Ton. Mild und rein klang er: Maria und Josef, Ochse und Esel und alle im Stall lauschten und wunderten sich. Das Jesuskind aber streckte die Hand aus und berührte die Flöte. Im selben Augenblick wurde sie wieder, wie der Junge sie empfangen hatte, volltönend, ganz und rein.

Quellenhinweis

Annegret Diehl: Goßmutters Vermächtnis
Aus: Mit Gott durchs Leben
© Hänssler-Verlag, Neuhausen-Stuttgart, 1990

Elizabeth Goudge: Sohn Davids
Aus: Konrad Federer, Weihnacht der Welt (Übers. v. Gertrud Stucki)
© 1950 by Verlags AG Die Arche, Zürich

Liselotte Erb: Der andere Engel
Aus: Ursula Richter (Bearb.) Weihnachtsgeschichten am Kamin (12)
© 1997 by Rowohlt Taschenbuch Verlag GmbH, Reinbek

Nancy Dahlberg: Der Bruder von der Landstraße
Aus: Entscheidung, Zeitschrift der Billy Graham Evangelistic Association Deutschland e. V., Nr. 192, Ausgabe 6/1995, S. 24-25

Elke Bräunling: Die rechte Weihnachtsfreude
Aus: Die schönsten Geschichten zur Advents- und Weihnachtszeit
Mit freundlicher Genehmigung der Autorin

Peter Spangenberg: Der Verlorene König
Aus: Dem Himmel auf der Spur. Märchen – Fabeln – Einfälle
© Friedrich Bahn Verlag, Neukirchen-Vluyn, 1991, Seite 42

Karin Pöckelmann: An einem Februartag in Bethlehem
Aus: Weihnachtsgeschichten am Kamin (11)
© 1996 by Rowohlt Taschenbuch Verlag GmbH, Reinbek

Rudolf Otto Wiemer: Der Stein des Eseltreibers
Aus: Es müssen Männer mit Flügeln sein;
Quell Verlag, Stuttgart 1986
© beim Autor

Axel Kühner: Die Flöte des Hirtenjungen
Aus: Überlebensgeschichten für jeden Tag
© Aussaat Verlag, Neukirchen-Vluyn, 8. Auflage 1997, Seite 334

Herausgeberin und Verlag haben sich mit großer Sorgfalt bemüht, alle Rechteinhaber zu ermitteln. Dies ist nicht in allen Fällen gelungen. Sollten Urheberrechte verletzt worden sein, bitten wir um Nachsicht und Rückmeldung. Herzlichen Dank für alle Unterstützung!

Verzeichnis der Lesedauer

Annegret Diehl   7 Minuten
Großmutters Vermächtnis

Elizabeth Goudge   30 Minuten
Sohn Davids

Liselotte Erb   8 Minuten
Der andere Engel

Nancy Dahlberg   9 Minuten
Der Bruder von der Landstraße

Der große Auszug   3 Minuten

Elke Bräunling   17 Minuten
Die rechte Weihnachtsfreude

Peter Spangenberg   6 Minuten
Der verlorene König

Karin Pöckelmann   6 Minuten
An einem Februartag in Bethlehem

Rudolf Otto Wiemer   8 Minuten
Der Stein des Eseltreibers

Axel Kühner   4 Minuten
Die Flöte des Hirtenjungen